Über das Buch Eine junge Journalistin entdeckt auf einem Fahndungsplakat das Foto ihres ehemaligen Kindermädchens. Sie setzt sich auf die Spur dieser Frau: Jette hat sich Mitte der sechziger Jahre aus Kindheit und Kleinstadt davongemacht nach Tübingen, später nach Berlin. In den heißen Sommern 1967/68 ist sie über Liebschaften in den Untergrund geraten. Als »Bankräuberin im weißen Anzug« steigt sie Anfang der Siebziger zur »meistgesuchten Frau Deutschlands« auf, wird verhaftet, gegen einen entführten Politiker ausgetauscht und findet im Nahen Osten Unterschlupf bei den Palästinensern, auf deren Seite sie Anfang der achtziger Jahre umkommt.
Die junge Erzählerin rekonstruiert diesen gewiß nicht typischen, aber doch für eine bestimmte Generation bezeichnenden Lebenslauf aus der Perspektive einer Nachgeborenen, gleichsam aus dem Blickwinkel der jüngeren Schwester. Die Recherche erweckt in ihr widerstrebende Gefühle: sowohl Neid auf die kostbaren Momente purer Gegenwart als auch Unverständnis gegenüber dem Haß, mit dem der Kampf geführt wird.
Das Buch fragt nach den erotischen Erfahrungen, die politischen Aktivismus auslösen können, und beschreibt existentielle Brüche, von denen aus das Leben eine gewaltsame Wende nimmt.

Judith Kuckart 1959 in Schwelm/Westfalen geboren. Studium der Theater- und Literaturwissenschaft in Berlin. Tanzausbildung in Düsseldorf und Essen, Assistentin von Johann Kresnik, Choreographisches Theater Heidelberg. 1986 Gründung des »Tanztheaters Skoronel«. Für *Wahl der Waffen* wurde sie 1991 mit dem Rauriser Literaturpreis ausgezeichnet. Sie lebt in Berlin.
1985 Publikation des Essaybandes *Im Spiegel der Bäche finde ich mein Bild nicht mehr* über Else Lasker-Schüler und 1989, mit Jörg Aufenanger, des Bandes *Tanzwut* (Fischer Taschenbuch Bd. 2364) mit Fotos und zwei Stücken des Tanztheaters Skoronel.

Judith Kuckart
Wahl der Waffen
Roman

Fischer
Taschenbuch
Verlag

Veröffentlicht im Fischer Taschenbuch Verlag GmbH,
Frankfurt am Main, September 1992

Lizenzausgabe mit freundlicher Genehmigung
des S. Fischer Verlags GmbH, Frankfurt am Main

Umschlaggestaltung: Buchholz/Hinsch/Hensinger
Umschlagabbildung: Rene Burri / Magnum
Satz: Wagner GmbH, Nördlingen
Druck und Bindung: Clausen & Bosse, Leck
Printed in Germany
ISBN 3-596-11073-4

Gedruckt auf chlor- und säurefreiem Papier

Zähle die Mandeln
zähle, was bitter war und
dich wachhielt
zähle mich dazu

Celan

Für J. A.
13. März 1990

1

– Habe dich lange nicht gesehen, könnte sie sagen.
– Wie groß und dumm du geworden bist. Dreimal wirst du mich nicht verleugnen. Sie läse den Satz von ihren Lippen ab. Kein Sterbenswort.
Breitbeinig steht sie da, läßt nicht nach in den Knien, die leicht nach innen sich drehen, bückt sich nicht mehr, um Krusten zu knibbeln, ungeduldig. Heraus aus dem Alter, gestürzt, geschunden, das Weinen verdrückt und ein verrotztes Taschentuch um die Blutspur gebunden.
Vorbei.
Sie, sie ist sentimental geworden. Die andere ist sicher geblieben, hat den Kopf gewendet, den Luftpostbrief bezahlt. Sie hat sich gemüht, die Anschrift zu entziffern.
Vergeblich.
Die andere ist gegangen. Sie ist in der Schlange stehengeblieben, hat ihr nachgeschaut. Der Aushang neben dem Schalter, er hängt im Bahnhof, im Wiegehäuschen am Ortsausgang, neben der Eingangstür im Standesamt, beim Metzger auf der Hauptstraße.
Unveränderliche Merkmale.
Sie hat gelächelt. Die Frau am Schalter mit der Hasenscharte hat gefragt, ob das alles sei. Ob sie eine Quittung brauche? Sie hat versucht, sich nichts anmerken zu lassen. Auch nicht, daß sie die Hasenscharte sehr wohl bemerkt.

Davor und danach sind zehn Jahre gekommen und gegangen, gab es Zeugen und keinen, dem etwas auffiel.

Paris gefällt Katia nicht mehr. Jeden Morgen muß sie weiter laufen als andere, um ihre Zeitung zu bekommen.
– Der Zug wird mit zwanzig Minuten Verspätung eingesetzt, entschuldigt sich die heisere Frauenstimme aus dem Lautsprecher. Der Bahnsteig füllt sich mehr und mehr, als habe sie etwas versprochen, eine Reise zur Nacht, im Orientexpress, mit ihr, der Unbekannten.

Was habe ich im Leben der anderen zu suchen, in das ich nicht hereingebeten wurde?

Katia holt aus.

Erzählen: Wirklichkeiten hersagen. Was war wahr? Dies ist die Geschichte einer Frau, die schreibt, und die einer Frau, die fast erfunden, nachträglich. »Ich« bleibt ein unanständiges Wort.

Katia holt aus. Der Bahnsteig ist eine böse Nachricht lang. Sieben Mal. »Im Libanon ums Leben gekommen«. Das könnte ebenso eine Nummer sein, die nicht aus dem Kopf geht, Telefonnummer eines kleinen Ortes, die sie hersagt, weil sie zum Schreiben nichts zur Hand hat. Zwischen den Wörtern im Rhythmus der Schritte taucht ein Waldweg auf, farnverwachsen, eine Turnhalle, Schweißgeruch auf Gummimatten, Geistergärten voll wilden Rhabarbers im Spätsommer. Bilder kommen sich in die Quere, schlagen übereinander, werden beiseite gedrängt von denen, die lauter schreien, schärfer riechen, und doch untergehen. Schriftzüge: »L« schreibt sich mit dem gleichen Schwung wie – Libanon.

Katia ist begabt und wird trotzdem Journalistin. Mit einem Stipendium im Rücken arbeitet sie bei Radio France. An manchen Tagen bleibt sie in der Wohnung, nah dem Bett,

fährt nach dem Frühstück mit dem Finger Namen im Telephonbuch ab, hält inne bei denen, die den Kreis für Anrufbeantworter haben, wählt, schneidet mit, legt auf. Sie will aus dem Material etwas machen, wie sie aus allem etwas machen will.
Katia hat die Story gesucht. Sie ist eine gründliche und eine träge Person.
Als sie am Gare du Nord die Fahrkarte nach Berlin, einfach, löst, weiß sie, sie wird zu spät kommen. Zu spät kommen heißt, den anderen nicht mehr lebend antreffen?

– Jette, du hast keine Brust. Mit der Behauptung hoffte sie, Jette würde das Gegenteil beweisen wollen.
– Jette, du bist eine Hexe, du hast einen braunen Fleck auf der Lippe.
Jette nannte sie sie. Jette, wie man einem Spielzeug den Namen gibt, der nach rotem Holz klingt.
An diesem Nachmittag hatten sie sich angemalt, die Brust ausgestopft und Verliebte gespielt. Jette war achtzehn, und das Kind, das sie hüten sollte, hüfthoch, kaum größer, auch auf Spitze nicht.
– Was ist das, ein Sterbenswort, wer stirbt da? Der, der spricht? Sag, was ist das eine Geheimhaltung? Eine geheime Haltung, ist das gebückt stehen vor oder hinter einem Geheimnis? Einem verwunschenen Schloß, einem Raub?
– Sei still, sagte Jette. Sie wollte sich selbst nachhängen.
– Kein Sterbenswörtchen mehr, wiederholte sie ihr Verbot und machte es doch kleiner.
Viel später wird Katia das Bild sagen, das sie lange sah.
Jette geht tätowiert mit Träumen umher.

– Der Zug wird dreißig Minuten später eingesetzt, gibt die Lautsprecherstimme zu. Katia knöpft den Mantel, zieht die Mütze über die Ohren, was häßlich macht, aber warm hält.

Sie schaut die Schneeränder ihrer Schuhe entlang, bis ihr Blick an einer Bergkette hängt.

Wie sieht sie aus, hat sie ausgesehen? Wie immer. Wie damals? Angst verändert die Haut. Doch hat sie Angst gehabt?

Ständig geht Katia Meldungen nach, die tags darauf verschwinden. Sie schneidet aus, wirft sie ihrer Phantasie vor, genießt, wie sie sich aufblasen, dramatisch über ihre Ufer treten. Ein Funke genügt und sie sprüht.
Das geschieht ihr häufig.
An diesem Morgen war nichts geschehen. Sie war aber ans Fenster getreten, hatte den Blick nach innen und eine transparente Haut über die Pupille gezogen, gegen alles abgeschottet, außer gegen Licht und flüchtige Farbwechsel. Im Hellen erblindet, ganz bei sich, bleibt ihr jeder, der sie anspricht, feind.
So wie es war, wird es nie mehr sein können. Doch darüber hatte sie noch nicht mit sich gesprochen, hatte nur leise die Reise erwähnt, die zu tun blieb. Sie hatte Unterhosen in den Koffer gezählt, unsicher, ob sie reichten, und die Etagentür zweimal abgeschlossen. Sie bliebe also länger als über eine Nacht fort. Am Bahnhof hatte sie vor wenigen Minuten sieben Tageszeitungen gekauft. Um ganz sicher zu gehen.
Sie setzt sich auf die freie Kante einer Bank, beißt die Handschuhe von den Fingern. »Die Polizei hat die Fahndung nach der neununddreißigjährigen Deutschen eingestellt. Gelöscht ... im Libanon ums Leben gekommen«. Die Meldung hakt. Katia sucht und findet sie in keiner anderen Zeitung, auch in »Liberation« nicht.

Was nur eine schreibt, ist auch schon wahr?

Besorgt reißt sie die dreißig Zeilen aus Seite vier heraus, rollt zwei Briefmarken feucht ineinander und heftet die Notiz auf den inneren Pappdeckel eines Schulheftes. Wo es zuschlägt.

An diesem Morgen hatte sie sich selbst überfallen und sich aller ihr geltenden Gründe beraubt. Hatte, auf dem letzten Wort der Todesmeldung angekommen, die Reise nach Berlin bereits begonnen. Jenseits aller Recherchen sollte sie Jette suchen. Nur so, sie hatte sich um eine halbe Achse gedreht. Nur so? Nein. So nur.

Katia steht auf. Der lange Rock schlägt ihr zwischen die Beine, als sie mit großen Schritten erneut die Bahnsteigkante abmißt. Kummer mehr, mehr als Kälte kriecht an ihr hoch. So ist sie, was kann sie dagegen tun. Denen, die ohne Abschied gehen, bleibt sie erst recht treu.

Ein älterer Mann in Hut und weißem Schal sucht, ihren Blick zu fangen. Katia ist dreiundzwanzig, bewegt sich entschieden ungelenk, denkt an ihre Topfpflanzen in Sektkübeln.

Trinkt lieber Whisky.

Lieber mehr. Mehr Mädchen als Frau.

Sie zögert, bleibt stehen. »... im Libanon auf der Seite der Palästinenser ums Leben gekommen. Eine amtliche Todesmeldung will die Staatsanwaltschaft jedoch vorläufig ...« Sie ist aus dem Takt geraten. Alles, was sie bisher gewollt, hat kein Gewicht mehr gegen diese Schwere. Sie bewegt die Lippen, als ziehe sie Kugeln einer endlosen Kette durch die Finger. Etwas so lange wiederholen, bis es sichtbar, so lange wiederholen, bis die nächste Bewegung zwangsläufig, zwangsläufig richtig.

Zieh'. Aus.

Sie drückt die Fäuste gegen die Augäpfel, bis ihr Bilder kommen, in einem hohen Weiß, auf einem spitzen Ton. Eine neununddreißig Jahre alte Frau stirbt in der Mittagshitze von Sidon. Die Sonne steht so hoch, daß die Frau im Fall keinen

Schatten wirft. Das Bild ist gelb. Die Frau heißt. Da fehlt die Bildunterschrift. So ein Gesicht, gar kein Gesicht mehr, über ein offenes Grab gebeugt. Hätte sie davon ein Bild, hätte sie ein geglücktes Photo vom Unglück, sie würde es niemandem zeigen.

> Sitze in einem Geisterhaus, die Läden klappern, der Boden knarrt, niemand kommt, und ich erwarte alles. Ich verstehe, wie ich will. Fiktion mag Verleumdung sein in diesem Fall. Nicht die Erinnerung, nein, sondern das, was ich besser nicht weiß, warnt mich vor weiterem Wort.
>
> Ahne, in gewissen Nächten gegen Morgen streift mich der Atem einer Frau, die sich ans Fensterkreuz geknüpft hat, um endlich schlafen zu können.

Der Mann im Hut sucht sie zu grüßen. Katia starrt zurück. Die Geste gefriert ihm in den Adern. Stirbt ein Mensch, läßt er den anderen nicht weiterleben wie zuvor. Katia sieht eine ratlose Katia. Im Libanon ums Leben gekommen. Was tun? Es lassen. Ja, sprachlos und mit dem gebührenden Abstand einer alten Nähe sich dem Trauerzug anschließen, bei dem der Sarg längst fort und nur den Weg läßt. Jette mit Worten, die, gleich verworfen, in die Unverständlichkeit folgen. Katia wickelt einen Kaugummi aus dem Stanniolpapier. Vielleicht, am Ende, wird ein halber Satz übrigbleiben. Katia findet sich gar nicht mehr und begabt. Es lassen, das Schreiben. Worüber.

Ein Löffel kann ohne den anderen Löffel nicht leben, sagte Jette und schob das Kind mit seinem Hintern in ihren Schoß. So lagen sie da, eine Weile im Gras. Dann versuchten sie es noch mal. Jette drückte dem Kind einen Kochlöffel in die rechte Hand, stellte es auf die kurzen, noch krummen Beine.

Die Windeln hingen tief. Dann gab sie ihm einen Schlag auf den gepolsterten Hintern, sagte, »los, lauf hinter dem Löffel her«.
Das Kind streckte den Arm aus, lief. Lief so noch Monate.
Bisweilen stahl Jette ihn aus der kleinen Faust, wenn Katia richtig in Schwung gekommen, im Laufschritt selbst Treppen und andere Hürden nahm. Ein letzter verzögerter Schritt, das Gesicht verzog sich weinerlich, und Katia fiel rückwärts in ein vorwurfsvolles Sitzen.
– Du willst doch jetzt nicht wieder mit Kriechen anfangen, stachelte Jette Ehrgeiz an.
Doch Katia riß nur den Mund auf, legte den Kopf in den Nakken und heulte Jette an. Zu dritt setzten sie ihren Weg fort.

Katia läßt sich zurückziehen von hinter den Augenäpfeln, entlang des Blickes, den der Mann im weißen Schal nicht läßt. Lächelnd erwidert sie, daß sie eine Zigarette möchte. Sie stößt den Rauch durch die Nase.
Eine Zigarette lang, und alles ist verbrannt. Der Druck auf den Schläfen bleibt, Erschöpfung, und mit dem Zittern in der linken Hand steigt ein ungekanntes Glücksgefühl in ihr auf: daß alles, was sich nicht verwerten läßt, um so kostbarer ist.
Katia nickt dem Herrn im weißen Schal zu, als habe sie sich mit ihm geeinigt. Am Ende vielleicht, ein halber Satz.

– Jette wird Schauspielerin, sagte Katias Mutter, behauptete es noch lange, nachdem alles anders gekommen war.
Jette, schwanger, mit Abitur, verließ die Stadt mit einem Mann, der nicht der Kindesvater war. Solange man nichts von ihr hörte, glaubten alle sie in Vorbereitung großer Taten. Dann stand sie wirklich in der Zeitung; ein mehrspaltiges Photo, Jette im weißen Hosenanzug, die Haare hinter die Ohren geklemmt, ein Bein lässig vorgestellt, auf dem Weg, die

meistgesuchte Frau Deutschlands zu werden. Von da an sprach jeder leiser, fiel ihr Name, als könnten sie und andere hinter einer Hausecke versteckt mithören, als mache jeder sich verdächtig, der sie nur erwähnte.
Jette wurde berühmt, verhaftet, verschwand. Wurde verhaftet und verschwand wieder. Wurde immer berühmter und verschwand endgültig.
Vergessen.
Selten hatte sie an Jette gedacht, hatte vielleicht von ihr geträumt, ohne morgens davon zu wissen. Schrecklich, sagten die einen, tragisch die anderen. Manche sagten nichts. Kein Sterbenswort.

Bin ich eine verläßliche Quelle? Beginne ich zu suchen, wo andere aufgeben?

Mit klammen Fingern und den Handschuhen zwischen den Zähnen zählt Katia Kleingeld in eine fremde Hand, wühlt in den Manteltaschen, die voller Münzen, wie Sparschweinbäuche so dick. Sie schiebt den Reiseproviant unter die linke Achsel, ärgert sich, daß der Verkäufer, jünger als sie, ›Mademoiselle‹ sagt und daß sie versäumt, Handschuhe im Mund, zu widersprechen. Sie schüttelt den Kopf. Keine Beute. Langsam geht sie zu ihrer Tasche zurück, die sie einer Frau untergeschoben hat. Den weißen Schal läßt sie im Augenwinkel links liegen, der Mann gibt auf.
Sie lächelt in die kalte Luft hinein.

Ostersonntag, die Leute lassen das elektrische Licht gegen den hellen Tag anbrennen, als könnten sie sich vom Winterschlaf nicht trennen. In der Küche rührt die Mutter die Soße mit Mehl dick. Der Vater hat Sonntagsdienst in der Apotheke. Jette wartet, auf dem Sofa, beim Kaffeetrinken, auf der Toilette und später dann, mit den Ellenbogen auf die Fenster-

bank gestützt. Sie kneift die Geranienköpfe, die noch nicht aufgeblüht. Die leere Straße und das Mädchen öden sich an. An der Ecke wandern Kuchentabletts aus der Bäckerei.
Jette wartet weiter, auf dem Rücksitz, im Urlaub, am Wörthersee. Der Vater gibt sein Geld nicht im Ausland aus.
Sie wartet. Zum 13. Geburtstag wünscht sie sich die Schallplatte, auf der ihre ganze Sehnsucht eine Melodie spielt.
Unten in der Apotheke geht die Notklingel. Der Vater streift den weißen Kittel über den Pullover. Seit sie um ihn bettelt, trägt er ihn im Haus auf. Jette beißt an der Nagelhaut. Sie ist jung in Wallerfang, und das kommt nie wieder.

Kindermann sagt, es sei eine politische Entscheidung, wenn einer behauptet, ein Pferd zu sein. Jette hat darüber gelacht, so wie er nie lachen kann, wenn er nicht versteht. Er ist der Sohn des Uhrmachers, trägt Schwarz und eine Ahnung mit sich herum. Ihre Eltern sitzen bei Heimatfesten nebeneinander auf der Ehrentribüne. Er redet viel mit den Händen, hockt dabei auf einem Stuhl, ein hungriger eingesperrter Vogel. Zu faul, den Mund richtig zu öffnen, zischt er die halben Sätze in einem Tempo, das sich der Geschwindigkeit seines Denkens anzupassen sucht. Zwei Reihen Zähne im Mund werden zum natürlichen Damm, an dem sich die Denkflut bricht, verlangsamt. Jette kennt den Vogel aus den Schulpausen, wenn er die Seinen in der Ecke am Turnhalleneingang um sich schart, aus der Eisdiele am Samstagnachmittag, wenn sie Espresso trinken mit kalten Blicken, als sei nichts für sie gut genug hier. Schwarze Rollkragen, die sich am Gesicht hochziehen.
Freitag nachmittag, Gewitter liegt in der Luft. Noch regnet es nicht. Der Gesprächskreis, den der Griechischlehrer anbietet, läßt das Wochenende überleben. Dr. von Stahl mit dem langen Schädel füttert seine Schüler und ahnt nicht, womit. Wofür. Was daraus wird.

Plötzlich, die ersten Tropfen fallen. Jette steht auf, schließt das Fenster, weil keiner der Jungen sich rührt. Sie schiebt die Flügel geräuschvoll ineinander. Da schaut der Sohn des Uhrmachers sie an, redet weiter, als habe er die ganze Zeit nur zu ihr gesprochen. Seine Kraft wächst ihm über den Kopf.
Er hat. Sie nicht.
Es geschieht.
Es geschieht an diesem Nachmittag. Das erste Mal. Sie weiß nichts davon. Sie erfährt es. Jette hält sich am Fensterknauf fest.
Auf der anderen Seite der Scheibe, wo der Regen ein feines Netz ausgelegt, sieht sie, daß Wallerfang in Texas liegt. Es ist Mittag. Die Sonne steigt so hoch, bis diese Jette, die die Straße hinunter kommt, keinen Schatten wirft. Vor dem Krämerladen an der Ecke, wo sich die Straße vierspurig verbreitert, brütet die Tankstelle eine amerikanische Einsamkeit aus. Das gab es vorher nicht. Kein Auto fährt vorbei. Trotzdem steigt Staub auf. Jette streift mit einer Fingerspitze die Tanksäule, grüßt den Mann mit der Schirmmütze. Sein Gesicht liegt in einem rosa Schatten. Das macht ihn jünger. Am Ende der Straße kommt sie nicht an. Das weiß sie. Dort fällt die Entscheidung, fällt sie sie, oder, sie fällt über sie. Hauptsache ist, sie steht wieder auf.
– Wenn Gott nicht existierte, so wäre alles erlaubt, hört sie Kindermann von fern vortragen.
Sie fällt in ein Loch. Und dann, kein Schmerz, ein Riß nur, durch den sich schauen läßt, als öffne sich eine verbotene Tür. Nichts ist mehr wie zuvor, noch wird es je wieder so sein können. Der Bruch wächst falsch zusammen, behindert alte Selbstverständlichkeiten.
Ihre Hand am Fenster weist auf den Fuß der Straße. Jette sieht sich immer langsamer gehen, was nichts mit Zaudern zu tun hat, nur mit der Dichte des Raumes, den sie betritt.
– Tu etwas, handele. Was immer du machst, die Verantwor-

tung liegt bei dir. Kindermann hebt die Stimme, zitiert er. Auf der Terrasse gegenüber hebt eine Frau ihre weißen Puddingarme, zeigt schamlos die farblosen Haarbüschel unter den Achseln. Sie hängt Wäsche auf im Regen.
– Der Mensch ist nichts anderes als sein Leben, fährt Kindermann fort, spricht hörbar in ihre Richtung, fragend, warum sie ihm den Rücken zukehre.
Mühsam löst sie die Finger vom Fenster. Die Frau klammert noch immer Wäsche fest. Jette stößt mit dem Knöchel gegen das Glas, dreht zuerst den Körper, dann den Kopf, um ihn zu schonen, den Bruch. Um ihn zu kosten, den Schmerz, der wach hält.
– Einerseits bleibe ich der Ansicht, daß das Leben eines Menschen sich schließlich als Scheitern herausstellt...
Verunsichert fängt Kindermann ihren Blick.
– Andererseits habe ich mehr und mehr gedacht, daß eine wesentliche Entscheidung jeder Handlung...
Kindermann wirft ein unruhiges Auge auf das Blatt, setzt noch mal an in einem tiefen Atemzug.
– ... daß eine Entscheidung jeder Handlung die Hoffnung ist.
Sieht er, daß sie sich verändert hat?
– Ich sterbe in Hoffnung, sagt er. Und sie nimmt den Satz mit.
– Jette, würden Sie sich, bitte, wieder setzen? Der Lehrer schaut sie beirrt an.
Jette geht zu ihrem Platz. Etwas anderes als Boden unter den Füßen.
Kindermann trägt weiter das Referat vor, das sie gestern nacht ins reine geschrieben haben, auf dem Dachboden, zwei schwarze Hefte auf den Knien, über die schmierende Kugelschreiber flogen, die so streng verboten wie das Rauchen auf dem Pausenhof.
Eine andere, eine andere Jette werden, denkt Jette.

– Es muß der permanente Bruch des Menschen zu seiner gegebenen Situation einsetzen, um ein anderer zu werden, schließt Kindermann.
– Fragen? Der Lehrer dreht seine Glatze unter der Schreibtischlampe.
Es geschieht an diesem Nachmittag. Das erste Mal. Jette weiß nichts davon, denn es hat die Mahnung des Traums, den sie am Morgen verloren, hat den Geruch, der mit ihr um eine unentdeckte Hausecke biegt und versichert, hier sei sie schon einmal gewesen, versichert, was sie sähe, sei ein Wiedersehen.
Jette will den Finger heben und beißt statt dessen darauf.
Er hat. Er hat schon alles. Oder? Gesagt. Nichts getan.
Er hat ganz dicke Haare. Die Kraft wächst ihm über den Kopf. Kindermann ist ein Angeber, denkt Jette. Er gibt an, was ihm fehlt.

Damals war sie siebzehn.

Katia ißt hastig mit zwei Händen, steht im Weg, krümelt auf den Bahnsteig. Der Zug fährt ein. Sie wird beiseite geschoben von dicken Mänteln, die nach Rauch und Essen riechen, nach Fell, das plötzlich wieder wie Tier atmet, wird es feucht. Sie steigt als letzte zu. Den Gang entlang stößt sie ihre Tasche mit dem Fuß vor sich her auf der Suche nach einem Sitzplatz. Unweigerlich. Auf der Hälfte des Weges, nach sieben Stunden, zwischen Paris und Berlin wird der Zug durch Wallerfang sausen, den Gaskessel streifen, den Kirchturm, die alte Klavierfabrik, mit einem gleichgültigen Heulen, weil ihm die Dunkelheit in den Weg sich stellt.
Katia raucht auf dem Gang, den Fuß wie ein Sieger auf die Tasche gestellt.
Das tut man nicht.
Jette ist fröhlich und gewissenhaft, trägt gern kurze Röcke.

Mit kurzen Röcken kann man schneller weglaufen.
Das tut sie nicht.
Mit dem Revolver in der Hand in die Bank gehen, mit dem Revolver unter den Brötchen Zeitungen kaufen gehen.
Man tut das nicht, und alle passen auf, daß man das nicht tut.
Manche sagen, sie war eine heiße Braut.
Katia drückt sich flach gegen die Fensterscheibe, damit der Schaffner an ihr vorbei kann. Dann sucht sie weiter.
Was tat sie denn?
Katia stößt die Tasche eiliger.
In ihrer Wesensart verbindlich und zuvorkommend, betont freundlich. Sie ist 1,72 Meter groß und schlank, hat ein ovales Gesicht mit zurückweichender Stirn, ein spitzes Kinn, mittelgroße gradlinige Nase, schmale Augenbrauen und blaß-graue Augen. Durch Perücken, Haarteile, Haarfärben und Brillen verändert sie ihr Aussehen. Auffällig ist ein Leberfleck, oberhalb des rechten Mundwinkels. Unveränderliches Merkmal. In ihrer Gesamterscheinung ist sie gepflegt, sie trägt bevorzugt Hosen, Pullover, Lederjacken.
Alle Abteile sind besetzt.
Irgendwo in einer Straße sieht sie ein Mädchen wie einen Jungen aus einer Toreinfahrt laufen, die Mütze tief ins Gesicht gezogen mitten im Sommer. Sie hebt mit ihrem Freund das Eisengitter über dem Gulli ab und steigt in den Untergrund.
Unweigerlich. Im vorletzten Abteil muß ein Hund sein Handtuch auf Anordnung des Schaffners nehmen, muß er für Katia den Sitz am Fenster frei machen, obwohl er eine Platzkarte hat. Mit ihr wedelt seine Besitzerin noch lange vorwurfsvoll in der Luft herum.

Wallerfang. Jenseits der Bahngleise verwilderten die Gärten, lebten die Kinder, mit denen sie nicht spielen durfte. ›Die Roten Berge‹, Halden eines versiegten Eisenbergwerkes, das längst aufgegeben, verkamen zu Müllkippen. Die Familien in den Baracken hatten zehn Kinder und mehr, halbnackte, halbstarke, mit breiten Mündern, Zahnlücken so groß, daß jede Zahnspange machtlos. Sie waren eingeweiht in die Geheimnisse des Lebens, bevor sie zur Schule gingen, wenn sie zur Schule gingen.

Bis zu den Gärten mußte sie an der Hand gehen. Dann ließ Jette Katia los. Sie liefen durch eine Wiese. Wilde Gräser schlugen ihr über dem Kopf zusammen. Mit Jette atmeten die Nachmittage Abenteuer. Jette verstand, in Lücken zu leben, nahm sie manchmal mit, für drei Mark in der Stunde. Mit nackten Beinen streiften sie durch Brennesseln, traten auf eine tote Katze, der jemand den Bauch aufgeschlitzt hatte. Sie gaben sich gelassen. Kühl stocherte Jette mit einem Stock in den Eingeweiden herum, wollte nachschauen, ob die Katze schwanger war.

So wie sie dastanden, breitbeinig mit zerkratzten Schenkeln, aufgelösten Gesichtern, fest auf niemandsländischem Boden, konnte keiner ahnen, daß sie von der anderen Seite, der anderen Seite der Bahngleise kamen. Aus der Oberstadt. Jette traf sich mit den Jungen, die mit ihren Motorrädern das Gelände zu einem Himmel aus rostbraunen Staubwolken machten. Sie schubsten sich, lachten, rauchten, ließen sich auf die speckigen Sessel, das rote Sofa fallen, das jemand, dem der Weg zu weit bis zur Müllkippe, abgeladen hatte. Ein Wohnzimmer zwischen Holundersträuchern. Das Kofferradio in der Hüfte, drehte der Jugoslawe den Rock 'n' Roll auf, sagte zu Katia, sie solle spielen gehen. Sie schaute Jette an. Niemand beachtete sie. Der mit den schwarzen Locken, braunen Händen und Fingernägeln, von denen die Trauerränder abgebissen, griff nach Jettes Brust. Drückte zu, bis Jette lachte. Dann fuhr er mit dem nackten Fuß zwischen ihren Schenkeln hoch, streifte den Rock mit. Sein großer Zeh klopfte an. Solche warten nicht, bis man sie bei sich wohnen läßt.

In Katia meldete sich früh, zu früh Aufruhr unter der Bauchdecke. Zuerst dachte sie an Angst. Dann sah sie Jettes Gesicht, das geschmolzen, der Blick entglitten unter halb geschlossenen Lidern. Katia traute ihren Augen kaum. Da fiel Jettes Herz zwischen den Beinen durch auf die rote Erde. Katia bückte sich.

– Was machst du da? Jette kniff die Knie zusammen, als habe sie etwas verloren.

– Geh spielen, sagte sie und strich ihr eine lose Strähne aus dem brennenden Gesicht.

– Hast du jetzt Angst, fragte Katia.

Ein leises Lachen. Der Junge fuhr sich durch die schwarzen Locken, wie es die Männer im Film taten, wenn sie vom Pferd stiegen. Er streifte die Knopfleiste an Katias flachem Kleid. Das war keine Angst. Katia drückte ihren Brustkorb vor. Das war etwas anderes, etwas, von dem man nicht genug und nie alles bekam.

– Geh spielen. Jettes Stimme bettelte. Nicht sie. Sie ging.

Jette hatte ihre Schuhe ausgezogen. Einen nahm Katia als Pfand mit. Sie machte sich davon, kroch in ein Gebüsch, schämte sich, so klein zu sein. Den Schuh wie ein Hund im Maul, rutschte sie Hügel hinunter, kletterte wieder hoch. Rutschte wieder hinunter, wurde atemlos rot zwischen den Beinen, vom Staub. Sie ließ die Haare offen hängen, so, wie die Mutter es verboten hatte. Für einen Augenblick hoffte sie, jemand sähe sie so, fiebernde Räuberbraut.

Als Jette sie auflas im Gebüsch, stand es unentschieden, wer verwilderter.

Jetzt mußte sie auf dem Rückweg an den Wanzenburgen vorbei an der Hand gehen, zur Besinnung kommen. Beide schlenkerten sie mit einem von Jettes Schuhen. Daheim steckte Jette sie in die Badewanne, nahm die Nagelbürste, schrubbte, ernst und gewissenhaft.

– In dem Jahr, in dem ich geboren wurde, haben sie in der

Schule nicht Geschichte, sondern Wehrmachtsberichte auswendig gelernt, sagte Jette. Sie wußte nicht, warum sie das sagte, zu einer, die nicht mal weiß, daß der Krieg, von dem sie manchmal reden hörte, eigentlich zwei waren, ein schlimmer und einer, der noch schlimmer war.
– Du gehst jetzt zu Bett, sagte Jette, und ließ die Jalousie über dem Tag, der noch hell, niederrasseln.
– Kein Widerwort, sagte sie, und kein Sterbenswort.
– Schwöre, sagte Jette.
Katia streckte die drei Finger über den Rand der Bettdecke in die Luft, mehrmals, auch als es schon ganz dunkel im Zimmer, ganz still in der Wohnung. Sie streckte die Hand in die Höhe, sang Kirchenlieder, sang sich in den Schlaf.
Wer redet, stirbt.

Katia gräbt ihren Handbeutel um, verschwindet bis zu den Locken, damit man nach ihr schaut. Verklebte Papiertaschentücher, zwei Telefonnummern und ein zermahlenes Fruchtbonbon drückt sie in den Abfall unter dem Fenster, die Visitenkarte vom Paris-Korrespondenten des Montagsmagazins hinterher. Nach den Apfelsinenschalen schließt der Dekkel endgültig nicht mehr. Katia schiebt die letzte Scheibe quer in den Mund, sucht ihr Froschmaul im trüben Fenster. Herausfordernd schaut sie den Hund an, der nicht verschreckt winselt, nicht böse bellt, sondern nur müde sein frisiertes Haupt auf die Pfote legt und verständnislos zu ihr hochschielt. Seufzt.
Hohe Häuser, die an keine Himmel kratzen, türmen sich auf. St. Denis, trostloser Vorort in müdem Wintergrau, zieht vorbei, nackt, weil kein Schnee die öden Straßen tröstet. Früher glaubte Katia, Trabantenstädte könnten fliegen, auf abgebrochenen Planetstücken im Weltraum kreisen, seien Inseln auf Probe für ein Zukunftsleben.

– Man muß seiner politischen Hoffnung eine Farbe geben, sagt er, damit man sie besser erkennen kann.
Jette trödelt hinter Kindermann her. Ihn tragen seine Worte im Flug die steile Straße zum Winterberg hinauf.
– Wie Rotkäppchen, ruft Jette, bleckt die Zähne, rollt die Augen, um nicht vom Wolf zu sprechen.
– Damit sie den anderen leuchtet, spricht er unbeirrt dagegen. Wieder so etwas Versponnenes, wie die Sache mit dem Pferd, denkt Jette, überlegt, wie sie fragt, ob sie die Hausarbeit für Philosophie bei ihm abschreiben kann.
Angelangt bei der »Schönen Aussicht«, versucht er nicht, sie zu küssen.

Der Hund zwischen den Waden seiner Herrin winselt. Er darf nicht auf den Schoß. Dafür kann er zwischen den Beinen zu den cremefarbigen Liebestötern aufschauen. Er gibt Widerworte, schnappt nach der beringten Hand, nach seinem Maulkorb, der an der Handtasche baumelt. Katia nimmt ihr Schreibheft heraus, um sich an der Unterhaltung nicht beteiligen zu müssen.

> Es gibt Dinge, die nicht gesagt werden können, weil sie nicht zur Ordnung des Sagens gehören. Sie können nur getan werden, weil sie nur dann als Aussage existieren. Wenn ich nicht weiter weiß, hänge ich mich an ein Wort, knüpfe dort den nächsten Satz an. Worte verführen zum Denken.

Der Weg zum Winterberg muß eine halbe Stunde lang gewesen sein. Sie ist ein Mädchen mit zweifelhafter Moral, weil sie Zweifel hat an der Moral anderer. Es regnet. Mit dem Fahrrad wären sie schneller. Jette hat keins. Sie geht mit ihm weiter, macht weiter Umwege, wird naß, hat Zeit. Er braucht das Gehen, das Mädchen neben sich, um aus unklaren Gedan-

kenschüben Weisheiten zu sieben. Sie erwägt, ob er verführbar sei, und, ob Heidegger sich mit einem oder mit zwei »d« schreibt.
Jeder muß seine eigenen Fehler machen.
– Eine gute Schülerin, sagt Dr. von Stahl, spricht er von Jette.
Als sie ihn zum ersten Mal mit nach Hause bringt, munkeln die Nachbarn, sie habe Stubenverkehr, die Tochter des Apothekers mit dem Sohn vom Uhrmacher, und dabei sei sie doch erst siebzehn.
– Eine mittelmäßige Schülerin, sagt der Lehrer in diesem Fall. Aber sie hat eine scharfe Zunge.
Nach der siebten Klasse wechselt sie vom Mädchenlyzeum auf das gemischte Gymnasium. Fällt ihr Name, grinsen die Jungen.

Schaut sie von ihrem Schreibheft auf, meidet Katia die Gesichter. Jeder Blick könnte sie in ein Gespräch zwingen. Sie zieht einen Strich unter ihren letzten Wachtraum. Wenn sie nicht ertrunken, nicht ins Wasser gegangen wäre, sie müßte verbrennen. Wenn nicht die Rakete auf die Hütte gefallen wäre, dort, in Sidon, sie müßte explodieren, inwendig. Wenn sie kein Mensch geworden wäre, hätte sie nicht sterben müssen. Manche Ordnungen lassen sich nicht durch Unordnung ändern.
Wenn Katia weint, dann nur im Kino.
»Dies ist der Roman, der geschrieben wird. Eines Tages.« Katia schaut ihr Heft herausfordernd an. Sie wundert sich, beginnt noch mal. »Eines Tages davon erzählen können«, schreibt sie. Solange ihr kein ganzer Satz, kein Satz ganz gelingt, notiert sie, was sie einmal gelesen, gehört hat.
»Man ist viel mehr als man glaubt«, schreibt sie.

Man ist viel mehr als man glaubt.

Nach dem Hochamt; der Abschlußsegen umkreist Katias Kopf. Mancher Traum hält den Tag an. Die Hostie liegt schwer im Magen. Sie steht mit der Mutter vor der Kirche und gibt verwandten und bekannten Gesichtern die Hand. Manchmal macht sie einen Kratzfuß, schlägt die rechte Schuhspitze gegen die Ferse des linken Fußes, stellt jedem frei, wofür er das hält. Als sie die Tante küssen will, weicht sie aus, fürchtet sich vor der tiefen Spalte zwischen Doppelkinn und Fuchskragen, die ihr entgegengähnt. Ihre Hand muß in der Hand der Mutter liegen. Zwischen den Löchern der Spitzenhandschuhe versucht sie, ein Stück Haut zu erwischen. Es beginnt zu regnen. Der Kirchplatz leert sich, der Vater läßt auf sich warten. Er wird mit den Herren sprechen, die Mottenkugeln unter den Armen haben und Holzwolle zwischen den Beinen, weil sie sich nicht waschen, wo man sich liebt. Jetzt ist der Platz ein abgeräumtes Schachbrett, auf dem die Mutter und sie warten, daß der Vater sie nach Hause schiebt.
Von dort oben sind zwei Menschen die Straße entlanggekommen, Arm in Arm, die Hüften im Gegenschritt aneinandergeschoben. Der Mann ist Ire, das hat Katia sofort gesehen. Er ist nicht von hier. Alle Iren sind anders. Er hat karierte Hosen getragen, eine Fliegermütze mit Pelzohren, ein Schlüsselbund am Gürtel. Seine Haare sind blond, die Hand hat auf der Hüfte der Frau gelegen. Sie sind näher gekommen. Sie hat sich gedreht, sie hat sich gewendet in einem engen grünen Kleid, das bei jedem Schritt neue seidige Schatten warf. Sie haben die Straße zur Einbahnstraße gemacht. Die Autos haben sich ihnen angeschlossen, sind in der Weile des fremden Paares gefahren. Schwer hat die Mutter ihr die Hand auf die Schultern gelegt.
– Das ist Liebe, hat sie gesagt.
– Nein, das ist Jette, widerspricht Katia und wacht auf.
Jette ist ein Ereignis.
Mancher Traum hält den Tag über an.

Katia schält ein Salamibrötchen aus der dünnen Folie. Der Hund legt seine Pfote auf die Knie, sagt, er wolle ihr nur helfen. Katia beißt zu. Immer hat Jette Gesichter geschnitten, ihre Züge leise verändert, mit Situationen gespielt, die es so nicht gab. Hat mit Lächeln jeweils eine andere aus sich machen können.
Jette hätte Glück haben können.
Diese Gesichter, die sie rasch überziehen konnte, hätten sagen müssen, Erkennen kann nur Irrtum sein. Auf der Straße unscheinbar, auf Fahndungsphotos schlecht belichtet, als habe der Photograph in einem geöffneten Kühlschrank gesessen, Jettes Gesicht aus der blauen Kälte heraus abgeblitzt.
Jette hätte Glück haben müssen.
Wenn Katia Jette achtzehn Jahre lang nicht gesehen hat, dann auf den Fahndungsphotos.

Ich weiß, sie werden sich winden, wenn ich nach ihr frage. So war es doch nicht gemeint.

Katia kann vom Heft nicht lassen, nimmt es auf die Knie, wippt, will es vertrösten. Warte, warte, mir fällt es schon ein. Nicht gleich, es muß ja nicht gleich sein. Die Ungeduld in Zeit verwandeln? Der Zug läßt sie kein Wort sauber zu Ende schreiben. Sie macht sich einen Plan mit unruhiger Hand. Wallerfang, Tübingen, Coburg, nein, erst Berlin, dann Coburg, Italien, Jordanien, wieder Berlin. Nach Monaten der Hast Jemen. Immer wieder Paris, München. Wallerfang auch. Beirut, Sidon. Nie wieder Wallerfang.
– Laß uns die Jette doch vergessen, sagt ein blasser Junge auf dürren Beinen.

Was geschieht, hängt von wem ab?

Jettes Freundin verkauft ihre Küsse für zwei Mark das Stück auf der Baustelle gleich neben der Schule. Jette findet sich häßlich, glaubt, keinen abzubekommen. Der Vater schlägt Jette nie, weil er sich ekelt vor ihr. Sie nimmt einen Leinensack, schreibt darauf den Vornamen des Vaters, nagelt den Sack an die Wand und läßt sich davor photographieren, auf dem Dachboden, von ihrem Freund Kindermann. Mit allem, was verboten, hüpft sie dem Sonntag von der Schnappcouch. Sie geht mit Kindermann. Doch nie zu weit.

Eines Tages will Jette es wissen. Sie wirbt anderen eine Zuneigung ab, die sie für sich selbst nicht hat. Die Haare bedecken eben die Ohrläppchen, tote glanzlose Zöpfe warten im Schrank auf einen kahlen Puppenkopf, eine Brust will nicht wachsen und ein Selbstbewußtsein auch nicht. Sie ist Kind aus streng protestantischer Zucht.

Jette probiert sich aus. Wer sich mit Jungen zusammentut, hat bald ein Messer zwischen den Beinen. Jette, furchtlos, stellt sich der Gefahr. Im Herbst nach dem Abitur ist sie schwanger. Von einem anderen. Jetzt lebt sie, wie sie die Liebe macht. Da ist Gewalt im Spiel und eine Hitze, nach der sie nicht milder müder, reifer weicher wird, an der sie verbrennt.

Eines Tages ist Jette auf Jacob getroffen. Sie haben Konrad gemacht, in einer Sekunde, die ewig schien, weil beide die Liebe so noch nicht kannten. Zu jung.

Zwischen Erinnern und Erfinden die Kreise um eine mögliche Jette enger schlagend, wird sie neidisch. Sie schlägt mit der Faust den Klapptisch am Fenster zusammen. Die Frau heult auf. Ihr Hund lächelt milde. Nach Wochen der Ruhe sucht Katia mit den Zähnen einen Riß in der Nagelhaut, den sie nachdenklich tiefer zieht.

Ein Mensch ist die Summe seiner Entscheidungen. Unter dem Strich dann ist Jette mehr Mensch?

Die Vietcong-Offensive zielt auf Saigon. Konrad hockt im Berliner Zimmer, kackt neben den Topf. Jette macht sich stark für die Kinderladenbewegung. Nur den Gemeinschaftsraum haben sie voll eingerichtet mit allem, was keiner für sich mehr gebrauchen konnte. Der blasse Junge mit den dürren Beinen hockt ohne Hose auf dem Holzboden, hat sich selbst die nassen Windeln ausgezogen und die Zopfspange halb aus den Haaren gezerrt.
Man kann ja machen was man will. Drei Jahre ist er alt, drückt seine Finger in den Haufen. Ein Mann kommt herein, rümpft die Nase und flüchtet. Es dunkelt, der Flügel in der Mitte des Zimmers läßt seinen geschwungenen Schatten die Wand hinauffliegen. Konrad, sprach die Frau Mama, ich geh aus und du bleibst da. Jetzt läuft Konrad im Kreis, zieht eine Plastikente hinter sich her. Je schneller er zerrt, um so heftiger nickt ihr Kopf. Da dreht er ihr den Hals um. Die Wohnung scheint noch leerer. Er ist in aller Stille vergessen worden. Konrad wartet, schreien wäre sinnlos und kindisch. In der Küche klappert Geschirr. Dann ist es ganz finster. Auch die Kinder vom Hof hört er nicht mehr. Auf der Treppe melden sich aufgebrachte Stimmen. Es klopft, und sofort geht die Tür auf. Zwei ältliche Frauen stürzen herein, packen Kindersachen aus der Reisetasche, ziehen ihn an, eine lange Hose, Strickjacke warm und kratzig.
Er verzieht das Gesicht.
– Sehen Sie, er weint, sagt die junge Frau mit dem Brotmesser in der Hand, das sie abtrocknet.
– Sie müssen doch erst seine Mutter fragen. Die Frau wird laut.
Die Tanten hantieren hastig weiter.

– Das ist ja Entführung, ruft die junge Frau und greift nicht ein, wirft das Messer nicht.
Das ist Entführung, denkt Konrad erregt und läßt mit sich machen. Sie nehmen ein Taxi zum Bahnhof, springen auf den Nachtzug. Bis Magdeburg fällt die Heizung aus. Ein alter Mann, einen Lederhandschuh über der Rechten, einen Stock zwischen den Beinen, der einen richtigen Kopf wie eine dicke Rübe hat, fragt, ob er Bub oder Mädel sei. Konrad denkt nach, antwortet nicht. Kaum sind sie in Hannover umgestiegen, schiebt die eine den Jungen in die Toilette, schneidet mit der Nagelschere die Haare ab.
– Nein, sagt Konrad und bekommt ein Bonbon. Dann muß er auf dem Schoß sitzen, weil das Abteil überfüllt. Fünfzehn Jahre lang werden die Sonntage sterben und die Tage dazwischen auch.

Katia beschließt, nicht in Wallerfang vom Zug zu springen, später vielleicht, nach Weihnachten.

> Heimat ist, wenn Raum und Zeit miteinander glücklich sind.

In einer Telephonzelle irgendwo auf der Straße zwischen St. Denis und Paris wirft eine junge Frau mit blonden langen Haaren ein gelbes Jeton nach dem anderen ein. Hastig, damit das Gespräch nicht abbricht.
– Kümmere dich um den Kerl, sagt sie.
– Was macht er? Wird er gut? Weiß er von mir? Fragt er? Ja, weiter, wann? Ist er in den Ferien bei euch, oder Weihnachten? Nein? Was? Sie fragt so viel, so schnell, als wolle sie keine Antwort.
– Ich muß jetzt aufhören, sagt Jette und läßt vier Jetons im Apparat.

Der Mann am Gang ißt Gürkchen. Er setzt die Brille ab, weil er kaut. Das kann Katia nicht mit ansehen. Sie sucht die Augen des Hundes. Doch der schläft ihr davon. An drei Paar Schuhen entlang lenkt sie ihre Aufmerksamkeit aus dem Fenster. Auf einer Hauswand das Wort »Reife« kippt anlehnungsbedürftig nach links. Daneben ein winterwaiser Schuppen. Der Mann wedelt mit einer fleckigen Banane, die unter seinem flachen Aktenkoffer gelitten hat. Er blickt augentrüb, hilflos, ohne seine Brille. Soviel einsames Sein und noch immer keine Dämmerung in Sicht, die sich darüber legen könnte.

– Sie war die jüngste von fünf Kindern aus strenger protestantischer Zucht, gibt der Lehrer mit dem langen Schädel Auskunft, und die Bleistifte kratzen mit.

– Sie schien mir lebensgewandt, nein, zugewandt, verbessert er sich und dreht die Daumen umeinander, als produziere er so die Energie für seine Rede.

Jetzt wohnt Katia der Geschichte bei, ist sie mitten drin. Schnell schnell, damit sie nicht wieder herausfliegt.

Der Herr am Gang ißt weiter, streicht sich mit sauren Fingern durch das Haar. Schuppen rieseln auf sein Jackett. Das macht Lärm.

Jetzt weiß Katia weiter. Jetzt schreibt auch sie.

– Sie war unbefangen, natürlich, manchmal jedoch von einer nervösen Lebendigkeit, die sie kokett benutzte, um sich durchzusetzen. Ein schauspielerisches Talent. Photos vom Schultheater machen die Runde. Der Lehrer nimmt für sich ein. Die Kuppen der Daumen drücken sich im spitzen Winkel gegeneinander, laufen weiß an.

– Ich war mir sicher, daß sie über die Grenzen der Schule hinaus entwicklungsfähig bleiben würde, fügt Dr. von Stahl hinzu und ärgert sich sogleich.

Zum ersten Mal hat es einer geschafft, einem Fahndungsphoto ein unterdrücktes Lachen zu entlocken, ihrem.

Ihr Schreiben schreibt wie Sägen sägen an Eisendrähten, bis sie nachgeben, Worte um Ruhe bitten. Stille stammeln. Ganz verstummen. Katia schreibt sich heran. Nein, nicht dicht genug. Ihr Gesicht brennt, und die Hundebesitzerin fragt, ob sie die Heizung niedriger stellen solle.
– Dann hat sie den Anschluß verloren, sagt der Lehrer. Sie wollte Psychologie studieren. Sie hat das Angebot der Zeit angenommen. Er legt eine Pause ein: sich selbst finden über den politischen Weg. Dem halben Satz unterschlägt er einen Vorsatz.
– Sie wollte kein Einzelfall sein. Er räuspert sich. Das Gesicht ist jetzt so bleich wie seine Fingerkuppen. Jemand fragt. Darauf weiß der Lehrer keine Antwort. Nach einer Pause fügt Dr. von Stahl dem Schweigen hinzu, bei einem Besuch in Berlin, in einer Fabrik, in einer Kommune, in einem Winter habe er sie in bunten blumigen Hosen und Lederjacke gesehen. Sie habe erst die anderen in der Wohnung fragen müssen, ob er sich setzen dürfe.
Dann habe man Tee getrunken und ihm nichts angeboten.
– Damals war ich erst dreiunddreißig Jahre alt, fügt er hinzu, und seine Brille beschlägt.
– Gerade jetzt. Katia stöhnt, blickt auf. Jette legt den Füllhalter hin, schraubt ihn noch nicht zu. Zögert, liest noch einmal. »Denn ich hatte seit jeher das Bedürfnis, möglichst wenige Menschen zu verletzen. Ich will versuchen, so gut wie möglich mit allen auszukommen.« Jette setzt ihren Namen darunter, das Datum, Gründonnerstag 1964, und unterstreicht das Wort Lebenslauf zweimal mit Lineal.
Gerade jetzt geht die Tür auf, und der Schaffner verlangt die Fahrkarten.
– »Das Moor ist die Wüste des Meeres«. Jette ist erkältet und muß den Abituraufsatz nach drei Stunden abbrechen. »Moorbewohner, sie werden ernst und verschlossen, dem Leben fremd«, schreibt sie als letzten Satz. Dafür bekommt sie

ein verständnisvolles Lächeln von der Aufsicht und ein Ausreichend auf dem Zeugnis.
Die Fahrkarte in der Linken, versucht Katia mit der Rechten weiterzuschreiben. Der Schaffner fragt nach einem Zuschlag.
– Dann hat sie den Anschluß verloren, sagt der Lehrer noch mal. Immer wieder. Katia hängt mit ihm in einer Rille fest, unweigerlich.
Die Bäume draußen auf dem Schulhof schütteln ihre Wipfel, bis sie vor der Zeit Kastanien lassen.
– Sie haben einen Zuschlag? Der Schaffner fragt wieder.
Katia unter einem dieser Bäume zieht die Beine an, die Fersen dicht an den Hintern, sucht einen nachmittagsöden Teerhof nach Jette ab.
– Mademoiselle, der Schaffner wird ungeduldig, richtet die Dienstmütze, um einen schärferen Ton anschlagen zu können. Gleich wirft er seine Kneifzange nach ihr.
– Moorbewohner, murmelt Katia.
Hinten, am Turnhalleneingang, hebt ein Mädchen wie ein Junge das Gitter über dem Gulli hoch und steigt aus.
– Sie spricht nicht Französisch, schließt die Hundebesitzerin aus Katias Schweigen.
– Vielleicht ist sie nur ernst und verschlossen, sagt der Mann am Gang mit den Gürkchen.
Katia schaut ihn dankbar an. Ihr Herz hat er gewonnen und bei den anderen verspielt. Sie schiebt ihren Zuschlag in die Hand des Schaffners, die wie ein toter Vogel mitten in der Luft auf dem Rücken liegt.
– Sie sind hübsch, sagt sie zu ihm auf deutsch.
– Sie sind wohl Deutsche, behauptet die Hundebesitzerin spitz, als Katia, das Heft unter dem Arm, im Schatten des Schaffners das Abteil verläßt. Sie streicht die Haare hinter die Ohren. Deutsch, das ist etwas, was man zugeben muß, ein Muttermal an einer Stelle des Körpers, wo die Sonne nie hin-

reicht, wo man trotzdem identifiziert wird. Unveränderliches Merkmal.

Im Speisewagen sitzt sie einer Bierflasche und einem Mann gegenüber. Am Tisch läßt sich ruhiger schreiben, verspricht sie sich, und breitet sich aus. Je schneller der Zug fährt, desto rascher springt sie in der Geschichte umher, wechselt die Zeiten, Orte, schneidet Episoden im Tempo laufender Bilder zusammen, montiert Erfundenes ein, das der Wahrheitsfindung dient.

> Wann wird aus einem politischen Menschen ein politischer Gefangener?

Sie mußte zu Bett mit dem letzten Bild der Tagesschau. Jette war vor zwei Jahren fortgegangen. Seitdem paßte die Großmutter auf Katia auf. Nie kam eine Karte von Jette, wie versprochen. Hätte Katia ihre Anschrift gehabt, hätte sie den Anfang machen können, hätte zeigen können, daß sie jetzt schreiben, lesen und sich verlieben kann. Hatte Jette sich verliebt? Wie oft? Oft, oft? Unglücklich?

– Sie machen wohl Schularbeiten, könnte die Bierflasche sagen. Da lacht der Mann.

Ihre Zöpfe wurden so lang, daß sie auf ihnen sitzen konnte. Um den unwürdigen Zustand zu überbrücken, mußte sie schneller wachsen als ihre Haare. Die Tagesschau hatte sich gegen das Sandmännchen durchgesetzt. Auch die Augsburger Puppenkiste konnte einpacken.

– Ich heiße, versucht der Mann vor der Bierflasche ein Gespräch.

Er hieß Rudi. Sie war neun. Er hatte in den nächtlichen Liebesbeziehungen einen anderen Kerl vom Film abgelöst. Wenn die Glocken in Wallerfang den Tag ausläuteten, trieb Katia sich unter der Bettdecke in ihren frühreifen Phantasien herum, versuchte die Liebe, bis das Fegefeuer gefährlich auf ihrem Bauch prasselte. Für alles zu jung, rastlos vor Lust, sie benannte die Dinge, bevor sie auf sie traf. Nur manchmal flimmerte ein Fetzen verwackelter Realität über den Bildschirm, schwarz, weiß – und grau das Blut. Bilder, wie über Satellit aus einem fernen Land, störten den Abendfrieden, der so gelassen mit belegten Broten und Hagebuttentee begann. Berlin, da wo jede Nacht die Hunde an der Mauer bellten, wo ein Mensch pro Tag an der Grenze erschossen wurde, forderte Opfer. Und einen Jungen, dessen Name wie ein Grabsteinspruch klang. Ohnesorg. Er mußte aus Versehen mitten in der Stadt auf einen Todesstreifen getreten sein.

> Manchmal weiß ich noch, wie und wo es angefangen haben könnte. Manchmal muß jemand Geschichten erzählen, bevor etwas Geschichte wird, dem Vergessen entreißen, bevor es für tot erklärt.

– Sie sind wohl etwas Besseres, sagt der Mann auf deutsch.
Ja, manchmal weiß sie genau, wie es anfing, vor allem, wenn sie verliebt war.
– Sie sind wohl Deutscher, sagte sie auf französisch. Der Mann bestellt für sich und für sie einen Rhabarbersaft.

Katia lief zum Bahnhof, wo die Schnellzüge durchfahren. Vorbeirasende Züge flößten ihr Todesangst ein. Sie wartete, bis die Zugspitze sich ankündigte, dann machte sie sich startbereit. Wenn das Zischen sie fast eingeholt hatte, rannte sie, halbtot vor Rausch und Furcht, die Treppen zur Unterführung hinunter und ließ den Zug über ihren Kopf fahren, die

Hände gegen die Ohren gepreßt. An manchen Samstagen starb sie unbeobachtet an die dutzend Mal. Das Spiel hätte böse enden können. Einmal nur zu spät losgerannt, und schon wäre sie im Bann des Zuges zur Salzsäure erstarrt, den Blick leicht über die Schulter geworfen, gen Normaluhr, um der Todesstunde Einhalt zu gebieten.
Doch soweit ging die Nähe nie.
Sie nahm die Straße, die offen zu den Bahngleisen liegt. So ein Tag saß im Nacken, sprach von Leben und Tod wie von einem muffigen fensterlosen Wartezimmer mit nur einer Ausgangstür. Hinter der Tür lag ein muffiges fensterloses Wartezimmer.
Straßenschlachten, dachte Katia mitten auf dem leeren Damm in Wallerfang, wuchs an dem Wort über ihre 1,55 m hinaus.

Jette ist dabei. Im Fernsehen hatte sie sie noch nicht erkannt. Sie sitzt zwischen zwei Männern auf der Schulter, schwingt eine schwarze Fahne. Das hatte sie im Fernsehen nicht gesehen. Jette wirft den Kopf in den Nacken, lacht. Sie trägt einen breiten Hut, eine dunkle Brille, vielleicht. Jette mußte in Erfahrung bringen, ob dieser Rudi bereit wäre, Katia zu heiraten, sobald sie ihre Haare überrundet hätte.
Kein Sterbenswort von Jette, dafür Stubenarrest und Fernsehverbot von der Mutter. An den Haaren hatte sie sie vom Friedhof nach Hause gezerrt, wo sie sich mit Jungen herumgetrieben hatte. Sie wollten in eine Grabkammer einsteigen, plündern und mit der Beute auf einem Frachter, in einem Flieger, zu Pferd ausreißen.
Die Tagesschau galt noch nicht als Fernsehen. »Die Studenten schießen zurück«. Ein Transparent, kurz eingeblendet, verschwand schwankend auf einer Menschenwoge am oberen Bildrand. Der Sprecher verzog den Mund, als schmecke die Meldung faulig.

Einige Tage später beim Zahnarzt fand Katia Rudi Dutschke in einer Illustrierten. Das rechte Auge hinter einer dunklen Haarsträhne versteckt, sprach er ins Mikrophon, als sänge er. Einige Seiten weiter, Rudi mit seiner Frau. Sie hatte Zöpfe, obwohl sie längst aus der Schule sein mußte. Katia musterte das Paar. Ein Gretchen. Das Leben war ungerecht. Katia biß auf die Zahnspange. Und immer anderswo.

Nach dem Abitur meldet sich Jette als Ferienaushilfe bei der Post. Die Geschichte beginnt: Es wird einmal gewesen sein. Im langen Blick, dem ersten, treiben sie sich zueinander. Jacob und Jette trennt ein Fensterglas, das Beamte vor Sprechspucke schützt. Die Frau mit der Hasenscharte am Nachbarschalter zieht die Oberlippe hoch, was ein Lächeln meint, und drückt den Daumen tief in das Schwammkissen für Briefmarken.
Vom Schauen schwanger werden.
Nach Feierabend verwandelt sich Jacob in eine milde Gefahr, geledert, genietet mit Sehnsucht. Er trägt Jette auf Händen fort. Fort läuft sie auf seinen Händen von ihrer Ohnmacht daheim, fort aus ihrem Haß.
– Bin ich häßlich, fragt sie und fährt sich über die flache Brust. Darunter das Herz schlägt mit solcher Gewalt, daß sie auf den Geschmack kommt. Sie laufen ohne Atemgerät auf den Himalaja. Jette erfährt, die Stirn gegen Jacobs Schulter gepreßt, wie ähnlich die Sprache der Liebe und die des Kampfes sind. Für das unstete Glück wird sie zukünftig bereit, den Siebten Himmel sich freizuschießen.
Sie verliebt sich nicht in Jacob, sondern in die Heftigkeit, mit der sie ihn zuläßt.
Sie setzt auf den Kurzschluß. Im Herbst ist sie schwanger.

> »Die Ordnung, die bürgerliche, hat die Tugenden überflüssig gemacht.« Deshalb? Chaos.

Schon geht Jettes Blick vorbei an Jacob, prüft die Welt auf ihre Belastbarkeit.
Bleib.
Nein, schon beginnt ihr Leben zwischen guter Führung und schlechtem Betragen. Manches kommt ihr auf diesem Weg abhanden, manches erntet nicht mehr Bedauern als der Verlust einer Brieftasche.
– Wenn du gehst, wohin mit mir?
– Frag deine Katze, ob sie dich zu sich nimmt, Jacob.
Konrad geschieht in einer Nacht mit ihm in irgendeinem Gasthof unterwegs in Süddeutschland. Vom Toilettenfenster aus schaut Jette auf die Bahngleise. Züge drängen sich eng an der Rückwand des Hauses vorbei. Zug um Zug bleibt Jette allein in der Nacht. Als gäbe es keinen Jacob. Für Jacob gibt es so etwas nicht. Gegen Mitternacht werden die Stimmen in der Schenke leiser, verlaufen sich die Gespräche in den Gassen. Zwei Männer pinkeln unter dem Fenster. Sie erzählen sich Witze, einer gegen den anderen, in einem Dialekt, den Jette nicht versteht. Jacob und Jette liegen abwechselnd einer im Schoß des anderen.
Jettes Kindermann nennt Jacob Proletarierprinz, stülpt eine Wortkrone über seine Eifersucht. Lange hat sie auf dem trokkenen gesessen, zwei Jahre mit Kindermann und seinen dikken Haaren verbracht, die sie nicht anzufassen wagt. Er hat sich dem Buddhismus verschrieben, Berührungsverbote ausgesprochen. Von den gekreuzten Beinen aus steigt seine ganze Energie ins Hirn, um dort weiteres Unheil anzurichten. Beim Zuschauen bekommt Jette Rückenschmerzen. Sie spürt nichts von dem Glück der Gedanken, die sich aus der Meditation lösen und hoch über den Köpfen aufeinanderstoßen sollen. Jetzt ist schon Dienstag, und immer noch haben sie sich nicht vereinigt.
Während sie auf die geistige Explosion wartet, kommt Jacob, und plötzlich hat alles seinen richtigen Platz; der Kopf leicht

auf dem Hals, das Herz, die Hand auf dem Körper des anderen, eine Spur zwischen den Beinen, auf der sie die ganzen Tage steht.
Gibt es für alles ein einfaches Wort und keins?
Jacob, der Briefträger, und Jette, sein Urlaubsersatz, treffen sich morgens um sechs auf dem Amt, sortieren die Briefe in Holzboxen. Später am Morgen in einem Hausflur hält er ihre Hand fest, sie muß sich wehren, lachen, nachgeben. Am Wochenende dreht sie mit ihm und seinen Freunden auf dem Motorrad Runden, brüllen sie maschinenschwer gegen die Langeweile an. Jette auf dem Rücksitz hält Jacob zwischen den Beinen. Er macht, was sie will, solange sie den Sonntag in Serpentinen entlangfahren, die Syburg rauf und runter, die Kurven schräg, das Herz im Hals. Vor Glück spucken sie auf den Boden, wenn sie absteigen. Die Familie schaut Jette argwöhnisch ins Gesicht. Nur die Großmutter bleibt gelassen.
– Früh gefreit, nie gereut, sagt sie und schaut auf ein ereignisloses Leben zurück.
Jacob schießt ein Photo, Jette in Aushilfsuniform. Am Morgen wenige Minuten nach acht kommt sie aus dem Tor, zieht den Wagen. Sie trägt ein blaues Kostüm, den Rock hat sie am Bund mehrmals umgekrempelt, um Knie zu zeigen. Alleingang. Sie lächelt schief, zieht das Gesicht von Kindern am ersten Schultag. Jacob läuft in Lederjacke vier Urlaubswochen lang neben seinem Urlaubsersatz her. Noch immer fragen die alten Damen ihn, wenn sie Marken an der Tür kaufen wollen, einen Brief vermissen, einsam sind. Jacob verweist auf Jette. Er schenkt ihr einen roten Helm, eine Lederjacke, Herz und Hoffnung. Alles.
Jacob verwechselt alles mit immer.
Als Jette später im Jahr nach Paris geht, in einem Vorort bei ihrer verheirateten Schwester untertaucht, das Kind Konrad kommt und Jette fortbleibt, läßt Jacob sich für den Schalterdienst anstellen. Nach Jahren, als ihr Photo mit fünfzehn an-

deren im Quadrat neben seinem Sichtfenster hängt, nimmt er das von Jette in Uniform aus der Tasche. Er schickt es an eine Berliner Adresse, damit es in bessere Hände gerät.
Man soll sich keine Bilder machen, so oder ähnlich erinnert er sich an einen Satz, den er vor langer Zeit von Jette gehört hat.
Die Frau mit der Hasenscharte schaut bisweilen lang ihn an.

> Neidisch dabeistehen, wenn die anderen aufbrechen, nur Zeitungen, zerlesene, Bücher, Socken zurücklassen. Nachgeboren, das klingt überreif, faul. Nicht getrödelt, und doch zu spät gekommen, um dabeizusein, mitzudrehen am Rad, bevor es schwer wieder einrastet.
> Steinhagelschauer.

Der Mann ist gegangen, der Kellner räumt die Bierflasche ab.
– Den Saft können Sie auch mitnehmen, sagt Katia und findet den nachträglichen Stolz lächerlich.
Zwei Tische weiter sitzen vier Gestalten in schwarzen Mänteln mit Pelzbesatz, eine Feder am Hut und einen durchsichtigen Schleier über der Stirn zurückgeschlagen. Feder und Schleier zittern erregt, Hände in Lederhandschuhen fliegen in die Luft, werfen Worte hoch, fangen ein Lachen vom Mund ab. Schnaps fließt in halbvolle Kaffeetassen. Man ist vom Theater.
In der trüben Fensterscheibe vom Schmutzfilm überzogen sieht Katia im Zug, der nebenherfährt, sieht sie das Gesicht, das sie noch einholen muß mit den Jahren. Während die Landschaft draußen verheißungslos hinter Staub und Regenmustern verschwindet, wird die Scheibe zur Leinwand. Haltloses Zeug schiebt sich ineinander. Jette reißt Löcher in die Strümpfe, wenn sie um Berührung bettelt. Essensreste auf dem Küchenboden und verklebte Papiertaschentücher unter dem Bett. Neben den Bildern der Achtlosigkeit stehen die, die

den Tod meinen. Eine Rasierklinge, die sich langsam in den Arm schiebt, der Fuß am Rande des Daches, der über eine Häuserschlucht wippt. Schwarze Vögel, die ihre Kreise ziehen, als wüßten sie von einer Leiche.
Am Nachbartisch zeigen die Schauspieler einander Narben, krempeln Ärmel, Hosenbeine hoch, scheiteln die Haare, kramen alte Platzwunden, Unfälle und Operationen hervor. Narben verkommen zu Namen. Der Lungenschuß bestellt für den Kaiserschnitt einen Baumkuchen.

Im Schalterraum der Post von Wallerfang bleibt die Zeitung von gestern liegen. »Schleyer entführt, Baader lacht in der Zelle, Beckenbauer zurück in die Bundesliga.« Die Frau gibt einen Luftpostbrief auf. Man kann sich irren nach so langer Zeit, denkt Jacob und zögert beim Geldwechseln, schaut auf ihre Hände, den Mund, sucht den Fleck auf der Oberlippe nicht.
Sie hat schwarze Haare. Sie ist nicht mehr, was lächelt, ist, was fremd bleibt. Ihre Augen schweigen ihn an. Einige Kunden wechseln den Schalter, gehen ungeduldig zu der Kollegin mit der Hasenscharte. In der Nacht kann Jacob nicht schlafen, bis er beschließt, sich getäuscht zu haben.

> Wie kann ich behaupten, ich könnte den Finger ungläubig auf die Bruchstelle legen, wo aus Spiel der Ernst, aus Angst der Spaß wurde. Und, wie erkläre ich dem Mädchen, das ich war, daß der Untergrund hoch oben im zwölften Stock eines Hochhauses liegen kann, daß Untergrund eine Existenzform, kein Ort zwischen Erde und Hölle ist, in den man hinabsteigen muß.
> Aber blaß, blaß sind sie alle.

Kurz vor der Grenze treten die Schauspieler ab. Die Schwingtür zur Ersten Klasse beruhigt sich. Der Zug, der von Gleisschwelle zu Gleisschwelle stottert, sagt in die Stille hinein den gleichen halben Satz. Immer noch. »... im Libanon ums Leben gekommen«. Katia schreibt ihn zehnmal hin, hofft, daß der Satz von selbst sich vervollständigt oder verschwindet. Sie sitzt allein mit den Kellnern, die sich eine Wurst gönnen am anderen Ende des Wagens. Draußen findet, seitdem es dunkel, nur noch ein gleichförmiges Spiel zwischen Schatten statt, das ab und an von einer Laternenreihe, einer Ortschaft, die zerstreut ein paar Lampen hat brennen lassen, aufgestört wird. Belgien; stünde sie jetzt draußen auf einem der kleinen Bahnhöfe, die die Fahrt ohne zu zögern hinter sich läßt, sie bekäme wieder diesen Todesschwindel, mit dem ein vorbeifahrender Zug sie in sein hartes Lachen hineinzieht.

2

Um sieben Uhr morgens wird sie ihre Tasche durch die Tür schieben, nein, sie will keinen Kaffee, will nur schlafen. Die Freundin wird das Sofa richten, das kochende Kaffeewasser für die Wärmflasche nehmen, den Hamster Josef um Ruhe bitten, das Telefon aushängen.
Hoffentlich.
Endlich die Augen schließen.
Katia sieht vor und hinter sich. Die Grenze; gelbe Pinkelspur im Schnee. Zwei Hunde untersuchen die Unterseite der Waggons, ob in Eiseskälte nicht ein Fluchtwilliger dort festgefroren.
Gleich wird es soweit sein, ist es soweit.
Sie wird aussteigen, die Rolltreppe hinunterfahren. Ein Krippenesel mit melancholischem Blick, einen alten Mann im Schlepptau, wird nicht länger den ersten Advent abtrippeln. Auf der Treppe rollt er Katia entgegen, kaut ihren Traum von Rostock, von Weihnachten am Meer vor, wiehert ihr zu, zeigt lange gelbe Zähne, tritt mit den Hufen nach hinten aus. Der alte Ochse fällt, verliert seine Bahnsteigkarte. Man muß auch mal allein sein können, nickt der Esel seine Mähne zottelig.
Bahnhof Zoo. Unten wird keiner auf sie warten. Sie wird eine Touristenkarte für die U-Bahn kaufen und sich im Gedränge bewegen, als gehöre sie hierher.

28. November 1982, Erster Advent

In Berlin, nichts zu suchen, weil ich nichts verlor? Wer in Berlin lebt, kann nicht so dumm bleiben wie an anderen Orten der Republik. Auf Bewährung entlassen aus der

Provinz, läßt man die daheim im ungewissen, was wird. Abgefallene. Bitte, werfen Sie Ihren Abfall nicht auf die Straße. Es könnte Bürgerkrieg geben.

Die Wärmflasche, wasserbauchschwer, fällt vom Fußende des Bettes zu Boden. Der Hamster gibt einen fragenden Pfiff von sich. Katia fügt die Geräusche in ihren Dämmertraum ein. Gerade da quetscht sich ein Kamel durchs Nadelöhr, läßt Wolle.

Die Wollstrümpfe kratzen, als hätte sie Windpocken. Unter den Pullover zieht Jette ein geripptes Hemd mit langen Ärmeln, um wenigstens oberhalb der Gürtellinie Ruhe zu haben. Die unruhigen Hände der Mutter, sie sind Jettes Fluch.
Bestricken, das kann die Kehrseite der Verzauberung sein.
Jette hat nasse Füße. Der Pullover klebt ihr auf der Haut. Heute hat sie kein Hemd untergezogen. Ihre Brust ist hart, weil die Wolle reizt. Sie riecht nach dem weißen Schrank im Bad, als habe sie dort jahrelang eingesperrt gesessen. Nichts ist so hartnäckig wie die Erinnerung, die mit Gerüchen sich verbindet.
– Zieh dich aus, sagt Kindermann, die dicken Haare unter eine Mütze gedrückt.
– Du bist ganz naß, fügt er schnell hinzu. Kindermann taucht seine Nase in Jettes Nacken, unter ihre Haare. Sie fröstelt.
Ihm fällt ein Gedicht ein.
– Im Schatten junger Mädchenblüten, zitiert er, beschreibt, wie dringend er Kühlung braucht.
Eigentlich sind sie einander versprochen seit der Schulzeit, seit den langen Gesprächen über Existenz und Revolution. Jette knotet eine Masche auf, zieht am Faden, zieht weiter, ribbelt sich Reihe für Reihe frei. Rechts, immer über das

Zopfmuster senkrecht zur Brust hinweg, links. Da gibt es keinen Weg zurück. Wo kaum was ist.
Rechts, links.
Lacht.
– Wie eine Maschine strickt meine Mutter, sagt Jette und zieht, zieht weiter, ohne den Faden zu zerreissen. Nackt bis zu den Achselhöhlen, die Brust eingerahmt von einem Halsbund und zwei einsamen Wollschläuchen, in denen die Arme stekken, als träumten sie von langen Ballhandschuhen, nackt fast streckt sie die Handflächen aus, als wolle sie ihn, Kind noch, im Flug abfangen.
Er versucht, den Blick nicht auf die Brust zu heften.
– Marilyn Monroe hat sich ihre Kleider auf den Leib nähen lassen, sagt Jette und läßt die Arme sinken, zerrt den Rest des Pullovers über den Haaransatz, drapiert Ärmel und Kragen, den sie tief in die Stirn zieht, als trüge sie eine Narrenkappe.
– Else, ich folge dir nach Berlin, zischt sie.
Kindermann zieht verlegen die Mütze vom Kopf.
– Du sollst nicht Else zu mir sagen, murmelt er.
– Was? hebt Jette die Stimme und schiebt den Lumpen höher.
Die Haare türmen sich hell.
– Ja, sagt er und zieht die Mütze schlaghart an ihrem Gesicht vorbei.

28. November

Bleiwüsten; es gibt nicht die Wahl zwischen Unschuld und Gewalt, sondern nur zwischen verschiedenen Formen der Gewalt.
Was sagt sie? Sie schweigt es.

Die Freundin ist früh aus dem Haus, hat einen gedeckten Tisch zurückgelassen und vergessen, das Radio abzuschalten. Zu häufig klingelt das Telephon. Katia liegt auf dem Parkett im Berliner Zimmer, schreibt Namen wie Ortsschilder auf die

Rückseite eines Plakats, das für Galerien wirbt, malt Wege auf, Trampelpfade hier, sechsspurige Rennstrecken dort. In den Stoßzeiten der Gefühle kommt der Verkehr zum Erliegen. Jette jagen, aber die Zeit ist nicht einzuholen. Sie wird immer hernachhinken, Neid am Bein, weil sie, wo Glück und Gefahr gemeinsame Sache machten, nicht dabei war.
Liebe und Revolution? Laß es.
In ihrem Heft listet sie auf; Kindermann, Neumann, Hans und Philipp; arabische Namen auch, Männer. Keine Frauen. Warum keine? Doch eine, Hedwig.
Nachdem Jette sie so schmählich verließ, vergaß, in die Welt zog und sie in der Bitternis ihres siebten Jahres verstieß, blieb Katia nur das Fragen.
– Bist du wirklich tot?
Die Augenlider hochziehen, um nachzuschauen, wo Jettes Blick bleibt, wenn er sich nicht auf sie richtet. Solange sie Jette überall vermutete, gar zu sehen glaubte, wie sie um die Ecke wehte, wie sie mit einer Hand durch das Gesicht wischte, da einer den Blick zu lange auf sie heftete, solange bleibt sie dabei; im Libanon, mag sein, doch ums Leben gekommen, nein.
So nicht.

An einem Sonntag im Herbst, als, was vergeht, golden gleißt, die Sonne niedrig in die Augen fällt, er ihr Gesicht im Gegenlicht nur dunkel ahnt, hält sie ihn um die Hand an, mit der Kindermann ihren Bauch tastet. Jettes Rücken gegen einen Baumstamm gedrückt, der schweigend standhält, schlafen sie miteinander zum ersten Mal.
Jette ist im vierten Monat und Jacob fast vergessen.
Sie heiraten nicht, um die Wohnung zu bekommen gleich neben der Apotheke, wo Jette arbeiten soll als Aushilfe. Als sie im Standesamt zum Ja-Wort ansetzt, spuckt in ihr Übelkeit halshoch. Sie flüchtet auf die Toilette, der Bräutigam dreht

eine Zigarette, plaudert mit den Freunden, mit dem jungen Mann an der elektrischen Orgel. Jette schüttet sich kaltes Wasser ins Gesicht, spült den Mund aus. Sie hat die Hochzeitsnacht, die Nacht vor der Hochzeit, durchgemacht, getrunken, geraucht, angebändelt. Jette, den Lurexpullover hochgeschlossen, die Haare spiegelglatt gestriegelt, das Backfischgesicht blaß, riecht vom Mund bis zu den schwarzen Strümpfen nach Kölnisch Wasser. Sie hakt sich bei Kindermann unter, nickt ihr Ja, die Knie durchgedrückt in den Boden gestemmt.

Sie sei eine heiße Braut, gibt zum wiederholten Mal und ungefragt jemand an, meint, ihre Unschuld beweisen zu können. Es gibt manche, die kennen Jette besser, ohne Kaffeemützentarnung.

Sophie-Charlotten-Straße 5, fünf Treppen hoch. Ein verlorenes Fenster in blinder Mauer stiert auf den Hof. Dort schläft Jette zu oft mit Konrad allein. Durch die Welt geht ein Photo. Ein Mädchen, wild vor Glück, das Jette mit Konrads Malstiften rot einfärbt, reitet fahnenschwenkend einem Mann im Nacken. Sie hat den Mund offen, singt. »Der Mob von Paris, Sturm auf die Bastille«, steht unter dem Bild. Jette schneidet das Photo aus, heftet es an die Küchenwand. »Es gibt einen Abgrund hinter der gängigen Meinung«, schreibt Kindermann auf die frischgestrichene Wand darunter. Sechshundert Kilometer entfernt, in Wallerfang, schneidet Katia das gleiche Photo aus, oberhalb der Bildunterschrift. Auf dem Sonntagsspaziergang zum Friedhof zwingt sie ihren Vater, sie auf den Schultern zu tragen, obgleich sie allemal zu groß dafür. Jette baut weiter an einem Labyrinth aus Griechischbüchern für ihren Sohn. Konrad will sein Sonntagsvergnügen und Jette ihre Ruhe.

28. November

Ein schwarzes Schaf zerrt am eigenen Fell, wütend, bis es endlich Wolf geworden.

Am Montag steht Jette wieder in der Apotheke, bedient vier alte Frauen gleichzeitig, die so klein, daß sie kaum über die Theke schauen. Die eine will Franzbranntwein, abgefüllt in einer ausgespülten Saftflasche, die andere Kamillentee in der preiswerten Großpackung. Jette schweift ab, sucht träge in den Regalen herum, denkt über die Kunst nach, mit kalten Füßen in einem warmen Land zu leben, denkt nach, worüber sie eigentlich nachdenkt. Später, als Jette gesucht wird, nennt sie sich Hedwig. Hedwig, Schwester ihrer Mutter und aus Castrop-Rauxel, war so breit und nach Weihnachten so schwer, daß Vater und Mutter sie am Hintern in den Zug schieben mußten.

Katia kann in fremden Wohnungen besser denken, ist immer bereit, den bequemsten Sessel für die gebieterische Hauskatze zu räumen, da jedes Bleiben eines auf Zeit ist. Ein leichtes Untertauchen, ein Streifen von Stimmung und Stimmigkeiten, die sie bergen muß, bevor ihr die Luft ausgeht. Schreiben heißt, den Weg gehen, der einem verwehrt. Katia schreibt das auf, steht auf und geht. Geht wieder zurück. Reibt den Rükken an der Heizungsrippe. »Liebe Hedwig«, so beginnt in den letzten Jahren mancher Brief. »Liebe Hedwig«, beginnt sie noch mal, die Heizung im Rücken, den Sonntag im Nacken. Die Sätze sind weiter als sie selbst.

28. November, abends

Liebe Hedwig, wer sich wie der Gegner verhärtet, die Farbe des Eises annimmt, um nicht zu erfrieren, der verliert mit jedem Sieg. Worte, die einmal der Wirklichkeit noch Schaden zufügen mochten, werden altersschwach, stützen nur noch notdürftig Denksysteme, die sich kaum verzahnen mit dem, was wirklich ist.

Und doch – sich einmischen heißt nicht nur, im eigenen Brei rühren.

Nach Feierabend verläßt Jette mit einer Flasche Sagrotan die Apotheke, um zu Hause weiterzuputzen. Sie ist unzufrieden, blaß und müde.
»Nur wer keine Angst vor Vierteilung hat, wagt es, den Kaiser vom Pferd zu zerren«, notiert der Mann als Wort zum Sonntag an die Wand. Jette kennt nur die Geschichte von des Kaisers neuen Kleidern. Sie sagt, aus der Robe. Sie sagt, aus der wird er gezerrt. Sagt, schneller sein als die Gewalt.
Da kann er nicht folgen.
In Tübingen, da sei sie glücklich gewesen, murrt sie, schließt das Fenster, weil es nach Braunkohle riecht von draußen, von drüben. Liegt sie im Bett, dreht sie das Gesicht zur Wand, fällt ihr der alte Mann wieder ein, der bis zur Morgendämmerung im gelben Haus gegenüber unter der Lampe saß, las, arbeitete, vordachte. Dort hatte sie den Kopf auf dem Kissen nur nach links zu wenden brauchen, um das friedliche, trostreiche Bild hinüberzunehmen in den Schlaf. Jemand gab acht auf sie, wußte nichts davon, wollte nichts dafür. Jetzt, dreht sie sich um, gähnt die andere, die leere Hälfte des Bettes sie an, in die, dämmert es, ein Wesen unter langen verrauchten Haaren sich fallen läßt, Guten Morgen sagt und den Tag verschläft.
Wird Jette später nach Tübingen kommen und das gelbe Haus am Ende der Gasse suchen, steht auf dem Straßenschild Ernst-Bloch-Weg.
Der alte Mann ist tot.

30. November, Dienstag

Mit der Rastlosigkeit die Ratlosigkeit einholen.

– Nein, er ist nicht da, sagt sie. Was sie von ihm wolle, fragt sie, die schnippische Stimme. Sie wird später wieder anrufen. Katia unterstellt, entweder er ist eingebildet geworden, der Herr aus Wallerfang, Museumsdirektor, jetzt über vierzig, und von Jette längst geschieden. Oder, die Dame steht ihm nah und wittert, was eigentlich?

Schlafende Hunde, die man nicht gegen die Wand werfen darf.
Sie nimmt den Bus zum Schloß, wartet ungeduldig in der Dämmerung vor dem Eingang, löst eine Eintrittskarte auf Studentenermäßigung, hofft, daß ihre Blicke sich zufällig begegnen, diesseits und jenseits einer Vitrine mit Plastikfrosch auf blauem Kehrblech.
Dienstag ist ein guter Tag.

Jette bleibt allein mit Konrad jetzt. Der Mann, er ist, nachdem er weitere Weisheiten auf die Küchenwand und unter die Decke schrieb, umgezogen am Silvesterabend mit elf anderen zusammen in eine verkommene, aber palastgroße Wohnung. Wo mehr Platz zum Schreiben. Jette wollte nicht mit. Am Neujahrsmorgen springen fünf gleich wieder ab. Das neue Leben riecht nach Schnapslaune. Jette ißt lustlos die letzten Mürbeplätzchen von Tante Hedwig, schabt mit der Weihnachtskarte »Wallerfang im Schnee« Wachsreste vom Tisch, beschließt, keine Kohlen mehr nachzulegen, schlafen zu gehen.
365 Tage minus 52 Sonntage, an denen sie nicht arbeitet, Konrad beim Laufen zuschaut, den Trick mit dem Holzlöffel vergessen hat, weghört, wenn er zuviel spricht. An denen sie kaum ihm beibringt, auf den Topf zu gehen. Manchmal schaut ein gemeinsamer Freund von früher vorbei, wirft die Lederjacke auf den Boden, läßt die Sonnenbrille auch im Zimmer auf, als sei er berühmt, gesucht oder gefährlich. Jette bügelt, schweigt gegen die Nachricht vom anderen Leben an. Die Kleinfamilie sei tot, sagt jeder, und Jette glaubt, man wolle ihr drohen. Das Glück der Straße scheint ihr verdächtig.

– Diese Frau hat kein politisches Bewußtsein. Kindermann schiebt Jette am Ellbogen vor sich her, stellt sie einigen neuen Freunden vor.

– Sie hat ein unterpolitisiertes Unterbewußtsein, erklärt er. Jette zieht das kleine Gesicht zusammen, sammelt sich, um zu spucken.

– Das Museum schließt in einer Viertelstunde, sagt die Wärterin, geht zurück zu ihrem Hocker, liest weiter. Katia könnte, ohne erwischt zu werden, einen dieser Plastikfrösche entführen, der schwermütig seiner Verpflichtung als Kunstobjekt nachkommt. Zerrte sie ihn vom Sockel, verlöre ihn auf der Flucht zum Fahrstuhl, würde sie zu einem ernsten Gespräch unter vier Augen vor den Direktor geführt. Er ließe sie mit einer Ermahnung davonkommen.
– Kann ich den Leiter hier sprechen, fragt sie. Die junge Frau auf dem Hocker mustert sie von unten, heftet den Blick auf ihre Füße.
– Bitte, sagt sie, im Gang die zweite Tür neben dem Aufzug.
Die Tür ist verschlossen.

– Der Vater von Konrad war auch so einer wie du, sagt Jette zu dem jungen Mann, der dem Kind den Helm überstreift, damit es für ein paar Minuten Ruhe gibt. Jette lächelt, streicht über den grauen Rock, erzählt von dem Kindsvater, läßt die Posttasche und die Uniform beiseite, zieht ihm eine aus Leder für alle Tage über. Ein Postbeamter bleibt ein Postbeamter, ein Rocker mag ein Prinz sein und ein Frosch auch, den man fest gegen die Wand drücken muß. Der Mann zieht die Lederjacke aus und hängt sie auf den einzigen Bügel an der Garderobe. Jette schickt Konrad zu den Nachbarskindern, mit Ritterhelm und einem halben Apfel, zieht den Mann ins hintere Zimmer. Als sie im Türrahmen steht, später, und ihn bereits vergißt, da verliebt er sich, fragt, wann sie wieder Zeit habe.

– Kann ich Sie ein paar Minuten sprechen? Beinahe hätte Katia ihn vorbeilaufen lassen. Sie gehen ins Café um die Ecke. Der Mann hat braune Haare, bis über beide Ohren, eine teure Brille. Er redet sich ungebeten in Hast. Katia kann sich Fragen zurechtlegen.

Gepflegt und doch gefährlich und raffiniert betritt Jette die Sparkassenfiliale in Schöneberg, verbirgt ihr verbindliches Wesen hinter einer Maske über Mund und Nase, landet am folgenden Tag auf der ersten Seite der Berliner und der Westdeutschen Zeitungen, erhält einen mehrspaltigen Text und drei große Photos.

»Die meistgesuchte Frau Deutschlands«. Jette verspricht sich bei ihrem ersten aufsehenerregenden Auftritt.

– Wo sind die Kohlen, ruft sie mit erhobener Waffe, denkt an etwas anderes. Kälte sitzt ihr in den Knochen.

– Das war alles viel später, sagt Kindermann, als Katia danach fragt.

Das war später, sagt er noch mal, so, als könne er den Kummer in weite Ferne rücken, so, als fände später nie statt.

– Das Auto, das die für ihre erste Aktion geborgt haben, gehörte einer Nachbarschaftshilfe, die Kohlen transportierte.

– Haben Sie den Laster besorgt, fragt Katia.

Schweigen. Jeder für sich.

Ob er etwas bestellen könne, versucht er verbindlich das Gespräch einzurenken. Sie schaut auf die Karte, ratlos, weiß nicht, was sie fragen kann, was nicht. Später? Doch dann erzählt er, von Wallerfang, von der Hochzeit, von dem Tag, an dem er auszog und sie nicht mitkommen wollte, von dem Tag, an dem sie Neumann kennenlernte.

– Was soll das nun wieder, fragt Jette und nimmt ihm das Zeitungsphoto aus der Hand. Ein Mann mit Lust an der List,

spitzen Zähnen und Zylinder neigt sich aus einem Sarg, der den Fahrdamm von sechs Kerlen getragen überquert. Huldvoll winkt er dem spärlichen Volk. Da Jette nur schöne Menschen um sich haben will, wirft sie das Photo weg. Kindermann rettet es aus dem Müll, bevor es der Teesud begräbt, heftet es über das Gewürzregal, weil, das weiß er, Jette zu träge sein wird, um so hoch zu greifen.
– Das ist Neumann, sagt er, blickt zu ihm auf. Der verkleidet sich gern.

Neumann trägt eine Binde über dem linken Auge und hat seine Lebenslage um neunzig Grad gedreht. Vom Wasserwerfer ist er Jette in den Schoß gefallen, hat die wohlige Rücklage, den Kopf gedankenschwer auf Jettes Schenkel gedrückt, nicht mehr aufgeben wollen. Das alte Schlachtroß, müde, läßt sich pflegen, bis es wirklich krank.
Das Auge schmerzt täglich, die Füße erkalten nächtlich, das Herz, aus der Heftigkeit des Kämpfens geraten, stottert: Sachte sachte. Jette kocht Gulasch. In den Mittagspausen mischt sie Salben, Duftwasser, Badezusätze. Jette kennt sich nicht, dafür die anderen um so besser.

Der Mann bestellt für sich und für Katia einen Wein, der die Eigenschaft Grün haben soll.

30. November

> Konnte töten und leben zugleich. Sie muß janusköpfig gewesen sein. Niemand hat ihr Dialektik beibringen mögen, keiner ihrer klugen Männer hat sie die Kunst der wendigen Widersprüche, den Schritt ins Dritte lehren können.

Jette nimmt Neumann mit nach Wallerfang, zeigt ihm die backsteinige Schule, die wilden Gärten, die sich um die Roten Berge drängen. Sie lauern Konrad auf, als er aus der

Flötenstunde kommt. Konrad schreitet weit aus auf Storchenbeinen, trägt die Notentasche gegen die Hüfte gedrückt. Die Kniestrümpfe, die beim Laufen nie bis zu den Fersen rutschen, Jette hätte sie prüfen mögen, ob sie nicht zu straff mit Gummi umnäht. Sicher kann Konrad längst mit Messer und Gabel essen, sogar Hühnchen, kann nicht nur Anfängerlieder auf der Flöte spielen, kann die Kinderbibel lesen und abends allein bleiben. Schach spielt er mit dem Großvater. Mit offener Verachtung geht er an den Kindern auf der Straße vorbei, die noch beim Fußball sich amüsieren.

– Konrad darf nicht auf der Straße spielen, sagt Jette zu Neumann, der das Tankschloß einschraubt. Neumann hat keinen Führerschein, keinen Personalausweis, keinen Waffenschein. Seine Mutter, irgendwo in Süddeutschland, da, wo immer die Sonne scheint, sorgt dafür, daß sein Reisepaß regelmäßig verlängert wird, hält die Nabelschnur und den Sohn mit einem Bein, das zu bequem, um fortzulaufen, auf dem Boden unumstößlicher Grundgesetzlichkeiten.

Jette schleift die Füße durch die rote Erde, als ginge sie durch hohes Laub. Die Baracken stehen leer. Jette und Neumann treten ein, die Türen sind weder vernagelt noch zugemauert. In einer Ecke plustert sich ein altes Oberbett, das mit jedem Luftzug Federn läßt. Daneben balanciert auf der Kante einer Musiktruhe, die ausgenommen wie eine geschlachtete Gans, ein blaues Milchkännchen.

Sie zögert, dann erzählt sie doch.

Damals war sie siebzehn. Jette geht zum Fenster. Die Stimme in ihrem Rücken beschwert sich.

– Ich sterbe vor Hunger. Neumann schiebt seine Hand zwischen ihre Beine. Sie geht weiter.

Zum Fenster.

Mach das Fenster zu, sagt Neumann und reibt sich die Nase.

– Da ist kein Glas im Rahmen, sagt Jette. Sie legt die Hand auf den Knauf, schaut hinaus. Draußen steht eine Frau. Sie hebt ein Bettlaken. Ihre Achseln sind rasiert unter den schmalen Armen. Als sie das Laken fallen läßt, sieht Jette, daß auch ihre Scham glatt wie bei einem Mädchen.
Damals war sie siebzehn. Jette hält den Knauf. Kein Reden. Neumann dreht sie zu sich.
– Ich sterbe ... sagt er.
– ... Ich weiß, ich auch, sagt sie rasch und weiß, daß da noch etwas war. Die Sonne steht hoch. Jette harrt vor Neumann, den Rumpf zum »S« verdreht, weil das Fenster sie nicht losläßt.
– Ich sterbe in Hoffnung, sagt sie. Das ist ihm zuviel. Er denkt nur eins. Neumann hört nicht zu. Trotzdem spricht sie weiter, von sich, von damals, von Bräuten, von Personenverschärfung, von Kindermann, von Mann zu Mann.
Eines Tages, sie weiß es, wird sie sich wie einen Keil in die Wirklichkeit treiben. Sie hat es schon geschmeckt, bitter und scharf.
– Zähle mich dazu, sagt sie zu dem, der nach Neumann gekommen sein wird.
Sie ist sechsundzwanzig.
Neumann hebt das Mädchen auf die Fensterbank, schiebt ihre Knie auseinander, schiebt sich dazwischen. Seine Haare sind rot, keine Staubwolke am Horizont. Später gehen sie zum »bunten Griechen«, unten an der Bahnlinie.
– Er ist der erste und einzige Grieche im Umkreis von zweihundert Kilometern, sagt Jette.
– Er ist Kommunist, fügt sie hinzu, weil sie weiß, daß Neumann nicht gerne Fleisch ißt.
Neumann und Jette rollen durch die Gassen von Wallerfang. Hier würde er gern untertauchen, wenn es in Berlin zu heiß, sagt er und hält Jettes Hand im Anfahren fest. Jette bleibt. Einmal ohne Lust auf List, fällt er in Schwermut, wird er für

die Rückfahrt nicht die Autobahn, sondern die Landstraße wählen, damit Jette hinterherlaufen kann.

– Sicher, du könntest hier baden gehen, sagt sie. Er hält ihre Hand, gibt Gas. Die Hände reißen auseinander. Sie hebt den Arm, der noch warm vom Druck, zum Abschied. Kurz nur, dann macht sie eine ganze Drehung auf dem Absatz, nimmt zu Fuß mit anderer Absicht die Richtung, in die Neumann verschwunden.

Kindermann spricht nicht gerne über Jette und Neumann. Er hebt das Glas, hält inne, setzt es wieder ab, bietet Katia das Du an. Sie will sich Mühe geben, ihn nicht zu enttäuschen. Während sie wartet, daß er fragt, warum sie die Geschichte von Jette berichtet haben will, spricht er quer durch die Zeiten über Dinge, die sie geheim wähnte, Aktionen, die unter dem Siegel »konspirativ« für sie tabu waren wie die Kontoauszüge der Eltern. Einmal sei Jette am späten Nachmittag in der Tür gestanden, habe ihn gebeten, am nächsten Tag bei Schwager und Schwägerin einen Besuch zu machen. Dort habe sie die besorgten mißbilligenden Mienen ignoriert, ihm eine Plastiktüte in die Hand gedrückt und ihn zu einem Platz am Wasserfall bestellt. Er sei hingefahren, nur, um die Anweisung zu einem neuen Treffpunkt entgegenzunehmen. Das Theater, gleich einer Schnitzeljagd bei Kindergeburtstagen, sei bis spät in die Nacht gegangen. Im Auto dann, auf der Transitstrecke, habe Jette laut gesungen, damit er beim Fahren nicht einschlafe. Auf einem Rasthof bei Herford habe ein Penner sie um eine Mark angebettelt. Jette habe in die Plastiktasche gegriffen, ratlos, weil sie nur Scheine fühlte.

Die Nachricht in der Morgenzeitung vom Sparkassenraub habe ihm Sorge gemacht.

– Keine Angst?

Katia wartet.

abends, in Eile

Viel geht daneben. Einige gehen weiter. Zu weit, sagen die, die zurückbleiben. Die Sommer? Noch immer heiß, auch ohne Zutun. Einige...

Später, sagt Kindermann, habe er grinsen müssen über seinen eigenen Schrecken, wenn er Jette mit Plastiktüte traf, ständig in Eile, wenn er, nachdem sie untergetaucht, irgendeine blonde Frau von fern die Straße kreuzen sah, den Kopf ein wenig nach hinten geworfen, die Jacke geschultert, mit oder ohne Tüte in der Hand. Er sieht schlecht, versucht, die Menschen am Gang zu erkennen. Ob sie nichts mehr trinken wolle, fragt er, denn er will für sich bestellen.

Ob er sich in den vergangenen zwanzig Jahren die Haare hat kurz schneiden lassen, fragt sie. Er schüttelt den Kopf. Einige Tage danach trägt er die Ohren frei, beklagt sich über die Kälte. Sie wird einen Hut vorschlagen, was er als Anspielung auf sein Alter nimmt.

...gehen weiter.

– Ich werde dich am Flugplatz holen, bittet schnarrend Neumann, dem ein Leben ohne Jette Unlust und Magenschmerzen verursacht.

– Du sollst nicht bei meinen Eltern anrufen, antwortet Jette, wischt mit der linken Hand ihrer Nichte, die kaum jünger als Konrad, Schokolade vom Mund.

Konrad steht mit verschränkten Armen daneben, mustert seine Mutter.

– Außerdem komm ich mit dem Zug, sagt sie, weil sie sich ärgert, wie sicher Neumann alles von ihr zu wissen glaubt.

Konrad auf der oberen Stufe der Treppe, von der aus man Besuch freundlich verabschiedet, schaut kühl hinter ihr her.

Sie fährt nach Berlin zurück. Die Nichte, ein Fähnchen mit Kaffeewerbung in der Hand, sitzt der Großmutter in der Hüftbeuge.
– Winke winke, wiederholt die alte Frau und schüttelt der Enkelin energisch die Hand. Da sticht das Mädchen mit dem spitzen Holzende zu, in den weichen weißen Oberarm.
Alle drei gehen ins Haus zurück, bevor Jette um die Ecke gebogen.

Und dann? Dann schon geht Jette mit einem Benzinkanister durch die gleißende Mittagshitze, läßt zwei Tankstellen rechts und links liegen, überquert eine vierspurige Autostraße, die den Stadtkern von den Vororten trennt. Bungalows drücken sich an die Erde, verschanzen sich hinter gepflegten Vorgärten, wehren ungebetenen Besuchern mit Rasensprengern. Jette kann München nicht leiden. Überhaupt, wie kommt sie hierher, war sie doch gerade noch auf dem Weg nach Berlin?
In der Tasche klemmt zwischen zwei Zeitungen eine Weinflasche. Jette öffnet das Gartentor zur Peter-Paulus-Straße 22, harmlose Besucherin zum Kaffee, die Wein mitbringt für die späteren Nachmittagsstunden. Nur der Benzinkanister fällt aus der Rolle, scheint nach einem Kavalier Ausschau zu halten, der fragt, ob das Auto liegengeblieben sei, ob er mit seinem Ersatzkanister aushelfen könne. Doch Jette braucht keine Hilfe. Sie überquert den Rasen zum Kellereingang, wie Freunde des Hauses, die eingeweiht in das Geheimnis, daß der Ersatzschlüssel auf dem Sims über der Tür liegt. Für alle Fälle.
Sie verschwindet im Keller, taucht wieder auf, kneift gegen den Mittag die Augen zusammen, läßt die Weinflasche auf dem staubigen Gartentisch und einen Zettel im Briefkasten liegen, dreht Rosen und Löwenmäulchen den Rücken zu, ohne sie gegossen zu haben. Ratlos steht die Weinflasche in

der Sonne, der Kanister im Keller. Verschlafen die Tage, als sei immer Sonntag.

– Das war alles viel später, besteht Kindermann hartnäkkig auf der Chronologie der Ereignisse, auch wenn sie längst nicht mehr laufen, als gäbe es eine Logik, eine zeitliche, hinter dem, was er sich nicht erklären kann. Sie spazieren durch den Schloßpark unweit des Museums. Jogger laufen sich die Gelenke morsch, überrunden Katia und Kindermann mit starrem Blick auf etwas, das längst hinter ihnen liegt. Kindermann reißt die Hände an die Ohren, die nackt und rot die alte Haarpracht einklagen. Lange vor München war die Sache mit Neumann, und die Sache München sei Neumanns Sache gewesen, belehrt er, um den komplizierten Verhältnissen gerecht zu werden. Jette sei zu ihm, Neumann, in die Fabriketage gezogen, wo die Toilettentüren ausgehängt, die Telefongespräche mit Verstärker in alle Räume übertragen wurden, wo die Liebe sich befreite von Treue, wo die Neugier stärker zu sein hatte als die Eifersucht.
– Es lebe das Abenteuer, brüllt er, schaut mürrisch drein. Ein Schweigen macht sich zwischen ihnen breit, trennt sie, läßt jeden allein.

Schneeluft.
Jette zählt die Liebhaber nicht wie Schritte, die sie tut, Regeln, die sie läßt. An einem Eichentisch voller Essensreste liest ein dünner rothaariger Kerl Zeitung. Neben ihm, ein Junge, drei Jahre alt, hört auf nichts, auch nicht auf den Namen Konrad. Er schlägt mit einem Teelöffel abwechselnd die Holzlokomotive und Neumann auf den Kopf. Der liest weiter, wischt sich die Nase an einem braunen Wollhandschuh ab, von dem die Finger abgeschnitten. Wie bei Westernhelden oder Straßenbahnschaffnern.

– Jette, brüllt er unvermittelt, als habe er eine der nackten Fingerkuppen unter die Brotmaschine gehalten. Jette, flink, tauscht das Kind gegen eine Wärmflasche, die sie unter seine grauen Socken schiebt.

3. Dezember, Freitag

»Fremdgehen um heimzukommen«

Kindermann steuert den Seitenausgang des Parks an. Sie landen auf der Straße zum Flughafen.
– Hier gab es mal eine Straßenschlacht, brüllt er leiser.
– Mit Rockern. Er geht rascher.
– Haben die euch verhauen, fragt Katia.
– Sie haben auf unserer Seite gekämpft, sagt Kindermann, vergißt einen Moment seine roten Ohren und wirft beide Hände gegen die Brust.
– Nichts weißt du. Er schiebt das Kinn auf den Hals, mustert Katia, bemerkt ihre umfassende Ahnungslosigkeit das erste Mal.
– Dumme Frauen, wenn sie nicht häßlich, führt man zum Essen, sagt Kindermann. Sie solle sich etwas Ordentliches aussuchen, nicht nur Nudeln. Er stößt die Tür auf, nimmt die beschlagene Brille ab, als zöge er spöttisch den Hut vor ihr. Die Pizzeria hat die Straßenschlacht hinter Hecken versteckt und die Zeit überstanden.

3. Dezember

Für die schlafenden Hunde werde ich nicht schreiben, werde mich nicht fürchten, wenn sie knurren, falls ich ihre Privatwege nicht rechtzeitig verlasse.

– Und Konrad, fragt Katia bei Tisch, über Nudeln und Käse hinweg, als hätten sie vergessen, das Kind einzuladen.
– Und Philipp? Sie läßt nicht locker, dreht weißes Brot zu Kugeln, mit denen sie früher ihre Adventsspardose fütterte für die hungernden Kinder in Afrika.

– Philipp, den kannst du nicht so einfach fragen, sagt Kindermann, meint mit einfach dreist.
– Und die anderen? Und du? Katia hat im Fragen den Grund für das Fragen verloren. Kindermann weiß ihn.
– Niemand ist schuld, sagt er. Stille. Die, die nicht sichtbar dabeisitzen, mit und ohne Namen, sie drehen den Kopf unendlich langsam zu Katia. Ein Nackenwirbel knirscht. Um ihnen nicht begegnen zu müssen, heftet Katia ihren Blick auf den Mann.
– Ohne Zögern zu schießen, heißt nicht zögern zu sterben, sagt sie. Sie sitzt allein, aufrecht. Dreht sich nicht um, solange sie nicht gehen muß. Im Essensdunst bange vor Angst.
– Aber das war, wann war das eigentlich, wiederholt Kindermann mechanisch, hält seinen Kopf in den Kragen geschraubt.
– Später, sagt sie, das fängt ganz früh an.

Später

So vielleicht hat es angefangen, sichtbar zu werden, daß die Dinge des Lebens nicht eine Seite haben, daß man nur Gebrauch machen muß von ihrer Gefährlichkeit, daß man die Haarnadel in die Steckdose hält und geladen ist für den Rest des Lebens.

Damals.

Damals vielleicht war Jette längst anderswo, sich lösend von einem Früher, das zu lange dauerte. Jette, ähnlich den Abziehbildern, die, in kaltes Wasser geworfen, sanft an die Oberfläche treiben, während die Vorlage aus dem dicken Papier schwer absinkt. Jede Bewegung fügt neue Züge der dünnen Haut zu. Kein Bild mehr, auf dem man sie sieht, nur Bilder, die sie suchen. Und während Jette immer leichter wird, auf unbekannten Oberflächen treibt, und während Neumann ihren Namen kreischt, Wolldecken will und andere behagliche Liebesbeweise, während in der Fabriketage Heizungsmonteure und Polizisten sich die Klinke in die Hand drücken, wird Jette der Sturm im Wasserglas zu lau.

und

> Marschland, die fruchtbare Absicht, das Unbekannte begehbar zu machen. Marsch, marsch.

Katia hat beide Hände in die Tasche gegraben. Dort ist es wärmer. Soweit die Hand reicht, Nebel. Und dann? Kindermann mißdeutet die Hände in der Tasche.
– Ich zahle, sagt er, legt ihr einen Schein hin, geht zur Toilette, kommt erst zurück, als er sicher ist, daß die Rechnung beglichen.

und

> Sie hätte Schauspielerin werden können, wenn in dem Moment, der unsicher wie versprengtes Gelände, sie vielleicht einen Bus verpaßt hätte, ihn nicht verpaßt hätte, wenn sie auf der Herzseite von irgendwem gestanden hätte, lang, länger, und nicht seine, eines anderen Dame geworden wäre.

– Du kommst spät, sagt Neumann, als er Jette am Flughafen umarmt. Der Weg vom Bahnhof Zoo nach Tempelhof dauert zwanzig Minuten, auch mit dem schnellsten Chauffeur. Aber das sagt sie nicht. Sie hat sich unter die Fluggäste geschmuggelt.
– Ich bin mit dem Taxi gekommen, sagt er. Der Wagen liegt ohne Sprit drei Minuten von hier, und ich konnte den Ersatzkanister nicht finden.
– Ihr Taxi können Sie gleich wieder fortschicken, sagt ein Herr in Grau dicht an Neumanns Ohr, zeigt seinen Ausweis und verlangt zum Tausch den von Jette und von ihm. Ratlos vergleichen sie zu dritt Namen, Daten und Photos. Aus Jettes Paß fallen zwei Bilder von Konrad. Verlegen hebt der Beamte sie auf. Neumann versucht er in ein Ge-

spräch zu verwickeln. Der gibt sich wortkarg, weil er zwar sein Aussehen, aber nicht den Dialekt verbergen kann. Neumann halten sie fest, Jette lassen sie nach wenigen Stunden laufen.
– Mama, dein Telephon wird abgehört, sagt Jette, als sie Konrad zum Geburtstag anruft.

und

... Schauspielerin, erhöht im Licht, auch ein Exil. Bühnenstaub statt Wüstensand schlucken, und einen Liebhaber im Bett festhalten, der ihr erspart, die Bücher, die wichtig, selbst zu lesen.

Jetzt erst will der Mann von damals erzählen, jetzt, wo der Bus in drei Minuten kommt, erzählt er in doppeltem Tempo von Jette mit Neumann, mit Philipp dann, Jette auf Photos, im Knast, mit schwarzgefärbten kurzen Haaren, auf der Treppe am Flugzeug gen Jemen, Jette in Funk und Fernsehen, als Titelblatt. Da glüht sie aus, fern und fremd, mag frühere Vertrautheit nicht mehr aufkommen lassen.
– Das nächste Mal können wir uns auch bei mir treffen, sagt Kindermann.
– Ich könnte kochen und die Kisten vom Hängeboden holen, die mir die Justiz nach Jettes Abflug zugesprochen hat. Hast du zugehört, fragt er.
– Ja, sagt sie, ich bringe Wein mit. Der Bus schneidet den letzten Satz ab.

... und nachts

Willfährig, bis mit der Wut sie sich verbündet. Quecksilbrig andere nachmachen, die besser aussehen, auch wenn es ihnen noch schlechter geht als ihr. Mißtrauisch, aber gutmütig, aufbegehrend, aber schüchtern, besserwisserisch, aber halbgebildet, von sich selbst besessen und auf alles neugierig.

Zwei alte Echsen mit Lippenstift und Regenhaube verschanzen sich hinter Einkaufstaschen, die Beine schießschartenbreit zum Angriff geöffnet. Spitze von Liebestötern zeigt Zähne. Rotkäppchen hätte nie auf die Großmutter hören dürfen. Denn die verschlang selbst Wölfe.

Nach der dritten Bushaltestelle an der Potsdamer Straße bemerkt Katia ihre nassen Füße. Sie stemmt die Fersen im Schaft hoch, zieht die Zehen an.

– Da wurde aus der braven die böse Jette, sirrt das Schweigen, das die Echsen gegen Katia richten. Die Regenhauben knistern.

– Da wird aus der sanften Blondine die sadistische Terroristenbraut, die erst mit Küchenmessern, später mit numerierten Weckern wirft, Blut mit frischgebügeltem Trockentuch von der Windschutzscheibe reibt, die neue Knarre gleich auf dem Pausenhof nebenan ausprobiert, auf alle Kinder schießt, die mit dem Mercedes zur Schule gebracht werden. Damit sie sie besser fressen kann. Die Echsenhände melken am Taschengriff.

Von der Arbeit, die sie tut, bleiben ihre Hände jung. Jetzt, wo sie keinen Neumann mehr halten und kein Neumann sie mehr hält, schneidet Jette die Lautsprecherkabel zum Telefon durch, richtet das kleinste Zimmer in der Fabrik für sich alleine her.

– Mit jedem Flugblatt, das sie für Neumanns Freilassung entwirft, füttert sie den eigenen Scheiterhaufen. Die Echsen zupfen eitel an ihren Hauben, wissen auf alles Antwort.

– Aber das Klo sperrt Jette jetzt zu, sagt Katia böse.

– Sie besucht Neumann mit geliehenem Ausweis im Knast, gelobt, ihre Hausfrauenqualitäten in den Dienst des Untergrundes zu stellen, sagen die Echsen.

– Katia springt hoch, drückt »Bus hält«, bedankt sich für das Gespräch und läßt den Frauen die Handtasche. Man ist von ihr enttäuscht.

Sie warten vor dem Verlagshaus an der Mauer. Die, die Autos haben, parken in Seitenstraßen weitab. Man vertritt sich die Beine, spricht halblaut, raucht. Da Jette nicht raucht und kaum redet, steht sie untätig da. Leere Hände, leichter Kopf, sie fängt an, zwei Straßenabsperrungen von der Baustelle gegenüber auf den Damm zu zerren, ein Lächeln im Gesicht, als summe sie beim Abwasch ein Lied, das ihr nicht aus dem Kopf geht. Die anderen schauen zu, wer eben noch sprach, zündet sich eilig eine Zigarette an. Jetzt bricht Jette Latten aus der Plakatwand, die für Waschmittel wirbt, entreißt der strahlenden Hausfrau ein Stück vom dankbar strahlend sauberen Kind. Jette tritt gegen die Planke, das Holz gibt nur widerwillig nach. Sie zieht am lockeren Teil, schaut sich fragend um, stützt die Hände in die Hüften.
Wäre sie ein Mann, würde sie auch eine Zigarette anzünden. Wenn alle Arbeit getan ist... Statt dessen hält sie das Streichholz gegen einen Plakatfetzen, das Papier glimmt zögernd. Eine Frau wechselt die Seite, hilft Jette, die Planken wie einen wackelnden Zaun auszureißen. Ein Junge trägt ein herrenloses Fahrrad ohne Sattel zum Grundstock der Barrikade bei. Jetzt lassen auch die anderen die Zigaretten fallen. In wenigen Minuten türmt sich eine hüfthohe Müllspur quer zum Fahrdamm, senkrecht zur Mauer. Dahinter sammeln sie sich, erregt und ratlos. In der Ferne singt ein Martinshorn.
Als Jette sich umschaut, sieht sie Kindermann oben auf einem parkenden Auto, den Rücken zum Geschehen. Die Hände in den Taschen, hält er Ausschau nach einer Horde schwarzer Krähen, die ihre Kreise am Himmel ziehen, ohne die Richtung nach Süden zu finden.

5. Dezember, Zweiter Advent

Wieweit muß man Wirklichkeit herausfordern, damit sie sich preisgibt? Zuweit gehen als Maß nehmen? Auf der Barrikade; Jette auf der einen, der Mann und die

Krähen auf der anderen Seite. Unterm Strich; ein Kanister, der im Keller wartet, daß er entdeckt werde. Ein Zettel auf dem Küchentisch in der verlassenen Wohnung: bin umgezogen. Ein weiterer Zettel, der von Feuer spricht und den Briefkasten verstopft, gemeinsam mit Werbung und Zeitungen, die nicht nachgeschickt werden.

Revolver im Socken, Geld in einer Plastiktüte, eine Handvoll Liebhaber, ein Sohn, der Schach spielt und Feuermelder zerschlägt, wenn seine Mutter fortfliegt, Gleichgültigkeit über jeden Abschied schüttend.

Eine Lichterkette aus bunten Kerzen windet sich um die Deckenlampe, in der die Birnen fehlen. Kindermann wohnt in dem Teil Kreuzbergs, wo ängstliche Touristen guten Mutes aussteigen, im Trödel wühlen, zu laut oder verlegen lachen, ein Bier bestellen bei der Markthallentränke, sich wohlfühlen, fast wie auf Urlaub, fast wie zu Hause. Arbeitslose, Akademiker, Kahlköpfige und sonstwie Mißratene verstecken sich in kahlen, aber teuren Weinläden, in Seitenstraßen, in ihren Betten, bis die Invasion am späten Nachmittag vorübergeht. Katia sucht in den Kisten, während Kindermann den Eisschrank auf- und zuschlägt, am Herd hantiert, fragt, ob sie dieses oder jenes, ob sie Tiefgefrorenes mag, fragt, welche Musik sie hören will, um doch andere aufzulegen, damit sie raten kann.

8. Dezember, Mittwoch

Jenseits der Roten Berge wird auch auf Kinder scharf geschossen. Dann komm doch übers Wasser. Das weiße Pferd ist schon gesattelt.

Katia zieht ein Magazin unter einem Stapel von Zeitungen hervor. Schatzkisten. Damals, am Kriegerdenkmal, das baufällig für Publikum gesperrt, hat sie heftig geredet, versichert,

geglaubt, daß eine Truhe mit mehr als Reichtum dort vergraben.
Die anderen hatten gehorsam gebuddelt, nur, weil die Bandenchefin, schneller mit den Beinen, noch schneller mit der Zunge, befahl.
Eine Führernatur, hatte die Mutter halblaut gesagt und still in der Familie geforscht, von wem das Kind Katia dies haben könnte.
– Sonderbares Mädchen. Die Mutter hatte das Licht auf dem Nachttisch gelöscht und für Sekunden im Dunkeln alles verloren.
Am Gründonnerstag organisierte Katia einen Sitzstreik vor dem Religionszimmer. Der neue Kaplan weigerte sich, über das Wunder der Jungfrauengeburt weitere Vermutungen anzustellen. Am Karfreitag lernt Jette im Gefängnis arabische Schimpfwörter, für alle Fälle.
– Du Sohn einer verhurten Eselin, wiederholt sie, bis sie von den Rachenlauten Halsschmerzen bekommt.
Nach Ostern muß Katias Mutter in die Sprechstunde kommen. Der junge Kaplan behauptet, das Kind stünde unter Einfluß. Die roten Flecken auf seinen Wangen ziehen Kreise. An Jette denkt niemand mehr. Auch Katia nicht. Erst sieben Jahre später fällt es ihr wieder ein, der Abgrund im Vergessen, sie schaut zu tief hinein.
Katia zieht ein zweites Magazin aus dem Karton. Schatzkisten, das Wort, das nicht den Inhalt, sondern das Gefühl dabei meint. Das Heft ist adressiert an Jette. Auf dem Titelbild, Jette. Ein Pastor im Hintergrund. Sie trägt eine schwarze Felljacke, die dort, wo sie hinfliegt, lästig werden muß.
Die Titelgeschichte berichtet über die Entführung des Kandidaten, der wochenlang Gefangener eines Kleiderschrankes blieb. Ausgetauscht gegen fünf Genossen und eine Jette gewann er nicht die Wahl zum Regierenden. Das Heft hat Jette nicht mehr erreicht. Eine gewissenhafte Wärterin der Frauen-

haftanstalt muß es, da es regelmäßig der Gefangenen 227/3 zustand, auf den Nachlaß gelegt haben.
– Komm Essen, sagt der Mann. Katia knurrt.
– Du mußt aber Hunger haben. Er versteht, wie er will, geht, richtet den Tisch.
Ein Plastikbecher mit eingerollter Stoffserviette darin, eine rote Kinderzahnbürste. Katia hält sie in der Hand, hoch, als könne sie Nachrichten von einem fernen Stern empfangen, wenn sie die richtige Frequenz nur findet. Eine schwarzgoldene Kaffeedose, leer, ein abgebrochener Lidstift, ein Feuerzeug.
So wenig ist weniger als gar nichts.
Jette wird wissen, warum sie alles ließ.
Katia schließt die Augen und tappt mit beiden Händen in der Kiste herum. Kalt, kalt, kälter. Es muß einen Faden geben, der vom gleichen Ort ausging, ein Gebet, das beide sprechen mußten, an etwas anderes dachten und doch an das gleiche, Männer. Zwei kurze Röcke, um es allen zu zeigen.
– Vorsicht heiß, sagt der Mann und stellt einen Teller neben ihr Knie.
– Jette würde dich zu kultiviert finden, versucht Kindermann Katia zu ärgern, während er sich dicht neben sie setzt. Rasierwasser verdrängt den Essensgeruch.
– Jette würde mich gar nicht finden, sagt Katia, klappt die Knie auseinander, stellt den Teller in das Dreieck zwischen den Beinen. Gegen halb drei fährt sie mit dem Nachtbus zur Wohnung der Freundin. Er steht noch auf dem Balkon, als sie längst um die Ecke verschwunden. Am Himmel keine Vögel, die lassen sich mit der Dämmerung nieder.
Als Katia aussteigt, weht es weiß. Sie steckt ihr Heft unter den Mantel, verschränkt die Arme gegen den Bauch. Auf dem Kudamm spricht ein Tourist sie an. Schwarz der Hof von dem Hinterhaus. Jemand schnarcht durch das Doppelfenster. Bei der Freundin brennt ein letztes Licht. Als Katia die Tür auf-

schließt, hört sie, enttäuscht, die Schreibmaschine ist besetzt. Sie steckt den Kopf durch die Tür, sagt, sie sei da. Keine Antwort. Die Freundin tippt unter Kopfhörern eine Radiomeinung von morgen.
Katia besteigt das Hochbett in der Kleiderkammer. Rechts an der Wand lächelt Greta Garbo, links kreischt Marilyn Monroe. Auf Katias Knien sträubt sich Jette, versteckt sich unter einem Stapel leerer Blätter. Dann schiebt Katia die Blätter quer, schiebt sie her. Wünscht, in den Lücken ein Auge zu finden, das verschworen sie ansieht. Eine Wange unter seidenglattem hellem Haar nickt »Nicht schlecht, nicht schlecht«, verschwindet, bleibt ihr.
»Jette hat eine revolutionäre Ungeduld«, schreibt Katia auf das erste Blatt. Nicht aus der Zeitung hat sie die Information. Dann: »1969 schlägt eine Bombe ins jüdische Gemeindehaus ein. Verdächtigt wird Neumann und drei Monate später verhaftet am Flughafen Tempelhof. 1970. Jette, auf freien Fuß gesetzt, läuft zum Schlupfwinkel. Jemand läuft hinter ihr her.« Schreiben. Es glitzert etwas im Geröll.
»In einer Wohnung am Nollendorfplatz findet die Polizei Neumanns Tagebuch«, schreibt Katia auf das zweite Blatt. »In ihm belastet er sich wortreich. Jette hätte sich ohrfeigen mögen.« Auch das steht nicht in der Zeitung.
Schreiben. Mit jedem Gedanken, der kommt, fremd gehen. Katia schiebt die Blätter weiter.
»An einem Freitag, im Februar des folgenden Jahres, wird Jette in Moabit festgehalten, als sie Neumann besucht. Sie hat einen geliehenen Paß benutzt. Ein Haftbefehl liegt gegen sie vor. Sie soll das Tonband besprochen haben, das sich zum Anschlag auf das jüdische Gemeindehaus bekennt.« Ein Verdacht.
Schreiben. Katias Kopf fällt müde auf die Brust. Schreiben? Weiterschreiben; »ein Haftbefehl aus München liegt vor. Wegen des gelben Kanisters. Er hat gegen Jette ausgesagt.«

Eilig listet Katia auf, was sie gesammelt hat. Am Bettrand erscheint der Kopf der Freundin. Sie fahre morgen nach München, sagt sie. Katia könne bleiben.
Sie bleibt.

9. Dezember, Donnerstag

Wem jetzt der Boden noch nicht heiß genug ist, daß er ihn lieber mit jedem anderen vertauscht ... der zündet ihn selbst an.

In einer Villa in einem Münchener Vorort hat Jette eine Weinflasche vergessen und Benzin verschüttet. Seit Wochen liegt ein Zettel im Briefkasten, der unterzeichnet ist mit: »Provisorisches Komitee zur Verbrennung von Staatsanwälten«. Der Herr Staatsanwalt ist seit Monaten in seine Stadtwohnung gezogen, weil er sich von seiner Frau getrennt hat. Der Rest der Familie erholt sich in Meran.
Gefahr verjährt sich.
Neumann sitzt noch immer im Gefängnis.

– Schließ das untere Schloß zweimal herum und lege die Kette vor, wenn du abfährst, sagt die Freundin. Zu Weihnachten fährt sie immer nach München. Zwei Koffer über die Schwelle geschoben, alle Blumen unter Wasser gesetzt, weil sie kein Vertrauen in Katias Fürsorge hat, den Hamster hastig gestreichelt, einen Mahnzettel mit den Tücken des Haushaltes, des Haustieres und der Hausfreunde an den Spiegel geheftet, den Anrufbeantworter neu besprochen, eine Umarmung, drei Küsse, die Tür fällt ins Schloß. Stille.
In sie hinein beschließt Katia, ein Ei zu kochen. Sie legt Musik auf, beruhigt den Tag, beschwört ihn, er möge anders enden, als er begonnen. Sie wird die Schreibmaschine, die endlich frei, befragen, ob es für die Bedrängnis im Kopf ein Schriftbild gibt.

Jette läuft wieder auf freiem Fuß herum, geht Neumann unbeirrt mit gefärbten Haaren und geliehenen Ausweisen besuchen.
Das Jahr geht zur Neige, so wie es begann, von der Reise nach Jerusalem bleibt immer eine übrig.
Im Mai springt die Frau, die Marie heißt, für den, der Hans heißt, aus dem Fenster, direkt in den Untergrund. Im November tritt Jette, die nicht allein bleiben will, auf Gras, das braun wird, preisgibt, worüber es gewachsen. Der Liebste im Gefängnis, und der, der ihr jetzt lieber, neben ihr.
– Wie heißt er denn, fragt Marie.
Jette hat Marie getroffen. Sie gehen spazieren an einem Samstag, wo das Gelände um die Universität ausgestorben. Auf den schmalen Wegen, zu Kompott getretene überreife Äpfel, die keiner ernten wollte, auf den Wegen, sprechend, zu einer gemeinsamen Aussage kommen.
Bandenbündnisse. Wer redet, stirbt.

10. Dezember, Freitag

»Doch daß nur mit Gewalt diese tötende Welt zu ändern ist, wie jeder Lebende weiß.«

– Die taugt zu nichts, sagt der, der Hans heißt, überläßt Marie das Denken. Zäh zerbricht sie den Kopf sich, der eh schon schmerzt. Jette, an der langen Ecke des Tisches, stutzt schweigend sein Foto für den gestohlenen Ausweis zurecht.

10. Dezember

Jede Wirklichkeit ist ein Zustand vor jeder Frage.

Was sie geschrieben hat, zerreißt der, der Hans heißt, sagt »Noch mal«. Marie reibt die Brille, beschlagen von Verlegenheit.
– Ich sage dazu nichts, sagt Jette. Sie sammelt silberne Kügel-

chen aus Zigarettenpapier unter dem Tisch auf, die Marie manisch mit links knöselt.

– Wie bei Kellerratten, sagt Jette unter dem Tisch.

– Man geht dem nach, was sie fallenlassen, und am Ende des Weges – schnapp. Jette klatscht in die Hände, als habe sie eine Mücke im Flug abgefangen.

– Dies Risiko, mit jedem Satz sich zu verlieren, murmelt Marie. Taub in sich getaucht, spannt sie ein neues Blatt ein.

– Hör mal, droht der, der Hans heißt, schlägt den fertigen Ausweis scharf gegen die Tischkante, hält die Pose, Arm auf halbem Weg in der Luft, rechte Schulter vor, als wolle er tanzen, bewegt nur die Augen, sieht, wie gut er aussieht, und sagt nichts weiter.

10. Dezember

> Wirklichkeit, ein wildes Konzept, das sich selbst begründet und vernünftig scheint? Der Wahn, der funktioniert?

Nicht wie Marie.

Jette nimmt keine Gewohnheiten an außer der, sich leidenschaftlich zu erinnern. Sie ist eine treulose und eine anhängliche Person. Mit Marie hat sie ein Abkommen.

– Dort, sagt Jette und weist mit dem Daumen gen grauem Himmel.

– Und vergiß meine Trauer, sagt Marie.

Jähren sich Kriegsende und Muttertag, wird Marie am Fenster in den Tod gehen. Jemand hat ihr mit der Post einen Kälberstrick ins Gefängnis geschickt, unzensiert und rauh. Er liegt in ihrer Hand. Ihre Wäsche wird nach einer fremden Person riechen.

Jette schaut, wie weit sie gehen kann. Sagt jemand »Halt«, zieht sie die Waffe, sucht auf verbotenen Wegen, was es angeblich nicht gibt; das Loch in der Wirklichkeit.

11. Dezember, Samstag

47 Tote nach sieben Jahren Stadtguerilla auf allen Seiten.

Es soll Spaß machen, sagt Jette, verschließt kühl das Gesicht, wenn Marie oder der, der Hans heißt, widersprechen. Sie amüsiert sich, macht sich unbeliebt, zieht die Mundwinkel herunter, kommandiert die Leute im Schalterraum auf den Boden, das Gesicht nach unten, alle viere von sich gestreckt. Eine Horde von Negerküssen soll ihr den Rücken decken. Sie halten die Stellung, lange noch, wenn Jette längst durch die Tür, mit dem Auto um die Ecke und über den siebten Berg. Wütend fegt der Direktor der Sparkasse zwei Negerküsse, die rabenschwarz behaupten, es sei alles nur Spiel, vom Schaltertisch.

12. Dezember, Dritter Advent

Nicht die Angst, das Verhältnis zur Angst verlieren.

Jette träumt von Negerküssen.
– Der Schweigsame. Er muß sterben, sagt der, der Hans heißt.
– Mach schnell, sagt die blonde Frau.
Sie essen heimlich Hühnerfleisch.
Der Kampf geht weiter, auch über seine kalten achtunddreißig Kilo hinweg.
Dem schweigsamen Toten wächst der Bart weiter, bleibt der Mund offen stehen. Niemanden kümmert das.
Es ist stumm um ihn geworden.
Jette hat den Mund zu voll genommen, um jetzt noch etwas sagen zu können.
Sie träumt von Küssen.

Nein, der Schal, den Katia verlor, liegt nicht bei Kindermann.

– Und Neumann?
– Der auch nicht. Die Antwort reicht nicht zum Witz. Sofort lenkt Kindermann ein.
– Sicher kannst du ihn erreichen, sagt er, verrät mit schrägem Blick, was er davon hält.
– Sicher kannst du Neumann erreichen, im Rathaus. Da ärgert er die, die jetzt mit ihm sprechen müssen, als sei er ihresgleichen, der Herr Abgeordnete.
– Wie kann ich ihn erkennen, fragt sie, hofft auf eine Beschreibung, die preisgibt, wie er denkt über Jette, über die Jette in Neumanns Händen, der seine Stelle bei ihr einnahm. Auf Seite drei tippt er auf ein Photo. Die Zeitung ist aus der vergangenen Woche. Ein Mann Mitte Vierzig, eine Duschhaube auf der letzten Locke, umringt von Photographen, spricht vor dem Senat. »Der Abgeordnete Neumann gratuliert seinem ehemaligen Kommilitonen und neuen Regierenden Berlins zur Wahl. Neumann wird sich für das Amt des Innensenators aufstellen lassen«, steht unter dem Bild. Kindermann gibt Katia eine Durchwahl.
Sie sagt, sie werde sich eine Zeitlang nicht melden. Er fragt, ob sie alles habe, ob er ein Taxi rufen solle, ob sie Nachricht gäbe, ob, nein, wie es weitergeht. Sie nickt einmal auf alle drei Fragen, geht, bevor sie Vorwurf aus seinem Gesicht lesen könnte.

– Sie hat immer eine Platte gehört, wenn es ihr schlecht ging. Die Abgeordnetenzimmer im Rathaus sind zelleneng.
– Das machen viele, sagt Katia spitz, weil sie endlich etwas hören will, was sie sich nicht hätte ausdenken können. Neumann gießt die Kakteen auf der Fensterbank, feiste graugrüne Würmer, die sich um bunte Strohhalme winden.
– Ich bin gleich fertig, sagt er, schaltet die 13-Uhr-Nachrichten an. Fünf Minuten später sind sie auf dem Gang. Er stößt eine Tür nach der anderen auf, stellt sie allen Kollegen vor,

sagt, das ist die Katia aus Wallerfang. Alle nicken, als sei das ein Code, reden sogleich weiter. Wer etwas Falsches über Neumann sagt, dem verbietet er einstweilig den Mund.
Katia beschließt, unvorsichtig zu sein und bezaubernd. Das geht daneben.
Er schlägt zwei Sojaschnitzel vor. Sie schluckt.
– Nein, aus dieser Zeit kenne ich sie nicht, sagt Neumann. Sein listiges Gesicht zieht sich zum breiten Grinsen auseinander unter schütterem, vormals rotem Haar. Das Restaurant ist von Taxen umlagert. Giftgrüne Leuchtschrift bietet gesundes Essen rund um die Uhr. Eine Autobahnraststätte mitten in der Stadt.
– Kaum hab ich sie kennengelernt, hat sie aufgehört, in dieser Apotheke zu arbeiten, sagt Neumann, schaut auf seine Fingernägel, als sei er Schauspieler, als müsse er einen schlecht gearbeiteten Monolog halten.
– Leider, dehnt er die Vokale, als mache er eine Ansage im Zirkus.
– Ich habe eine empfindiche Haut. Wie eine Diva, fügt er hinzu und zieht seinen Mund noch breiter. Keine Zähne sind zu sehen.
– Noch ein Clown mehr in ihrem Leben, denkt Katia.

13. Dezember, Montag

Weg oder Ausweg? Abgang zu sich selbst, wenn nötig mit Gewalt.

Ein anderer Neumann zerrt ihren Unterarm, fixiert sie verschworen.
– Alle schauen uns an, spricht er. Sie blickt verständnislos um sich, vergißt, den Arm zurückzufordern.
– Jetzt geht der Ober diskret hinter den Tresen. Der Typ dahinter in der Ecke erhebt sich, das Obstmesser für das Dessert zwischen Daumen und Zeigefinger als Beweisstück. Es tropft

auf die weiße Tischdecke. Die anderen Gäste lassen ihr Besteck fallen. Jemand zündet sich mit zitternder Hand eine Zigarette an. Ein Stuhl kippt ohne Grund um, eine Tür fliegt auf, die Tür zur Küche, der Kellner mit einem ausgehöhlten Kürbis anstelle eines Kopfes eilt herein, zwei Cocktailgläser auf dem silbernen Tablett. Vor uns bremst er scharf mit den Fersen. Im hohlen Kopf kreist ein Blaulicht geräuschlos, wirft in rhythmischen Rotationen einen Lichtstrahl durch die toten Augenhöhlen. Neumanns Hand faßt hart ihre Schulter.

– Blickt uns an, drohend, sagt er.

– Du. Hände runter, sage ich, und er läßt unseren Aperitif fallen. Wir zerspringen am Boden. Jemand fegt die Scherben auf. Die anderen essen weiter.

– Nein, sie essen immer noch, sagt Katia. Niemand hat uns bemerkt. Sie lehnt sich zurück, hat feuchte Hände und natürlich einen roten Kopf.

– Fast zu Tode gekommen beim Menü, sagt Neumann, schiebt ihr eine ganze Kartoffel in den Mund.

– Paranoid, würgt sie.

– Papperlapapp, verbessert er. Manche Menschen geben, wenn sie sich finden, eine explosive Mischung ab.

– Prost. Sie stoßen mit den Gläsern heftig aneinander. Seine Haare leuchten im verlorenen Rot auf.

– Du hast Jette in Brand gesteckt, sagt sie hastig. Neumann winkt, als habe er nicht gehört, den Zeitungsjungen heran.

– Gequake aus zweiter Hand, liest Katia Neumanns Gedanken.

– Maturantin, aufsteigendes Suppenhuhn mit mittelständischen Glaubensbekenntnissen. Gedrückt wühlt Katia in der Handtasche nach dem Rest ihres Selbstbewußtseins, putzt die Nase, legt den Paß auf den Tisch. Neumann wundert sich nicht. Sie kramt ihr Heft heraus, schlägt die letzte Seite auf. Die Briefmarken kleben noch.

– ... im Libanon ums Leben ge..., stockt sie.

– Hast du das auch gelesen? Die Meldung liegt lose.
– Nein, sagt Neumann mit Sammlerblick auf die Briefmarken. Ich lese diese Zeitung nicht. Er bestellt für sich und für sie eine flambierte Nachspeise.
– Wußtest du davon? Sie bleibt hartnäckig.
– Sie haben sie nicht identifiziert, sagt Neumann.
– Vielleicht hast du mehr Glück. Er beobachtet sie.
– Als wer?
Keine Antwort. Er hat den Mund voll.
– Worauf legst du es eigentlich an? Glaubst du, sie käme hier vorbei, um zu schauen, wie groß und dumm du geworden bist? Er lacht sie an.
– Aus, denkt Katia.
– Ist das von Natur, fragt sie unsicher.
– Schreib doch über Botanik, ich glaube, das wäre auch Jette lieber, sagt er. Er hat zum ersten Mal sie beim Namen genannt. Sie hat Lust zu drohen, daß das, was man ihr nicht erzählt, daß sie sich das ausdenken wird.

13. Dezember

Für die schlafenden Hunde werde ich nicht...

– Wie lange hast du im Gefängnis gesessen, fragt sie.
– Fünf Jahre, sagt Neumann, von 70 bis 75. Als ich herauskam, war Jette untergetaucht, verschwunden, bildete sich fort. Was weiß ich.

und

...nicht ihre Schonung betreten.

– Wann hast du sie zum letzten Mal gesehen, fragt sie, hält den Atem an.
– Bei ihrem letzten Besuchstermin im Knast. Bei mir. Da haben sie sie festgenommen, Verdacht auf Banküberfälle, Landfriedensbruch, Zugehörigkeit zu einer terroristischen Ver-

einigung, die ihr Wesen entlang der Mauer trieb. Das letzte Mal nicht gesehen, sondern angeschaut habe ich sie im Fernsehen, als sie abflog, gen Süden, und gleich einen Seelsorger mitnehmen mußte. Der soll sich mit ihr ausgezeichnet verstanden haben, weil sie so wohlerzogen mit ihm sprach. Er zögert einen Moment.

– Was glaubst du eigentlich, was ich dir erzähle?

Katia beißt hilflos an der dünnen Innenhaut ihrer linken Wange, verbeißt sich die Antwort.

1970. Das Jahr beginnt für Jette und Neumann auf dem Juristenball. Neumann hat einen Smoking geliehen. Jette vergißt beim Tanzen die Bombe in der Handtasche. Bevor sie kurz nach Mitternacht die Mäntel überwerfen, schütten sie Waschpulver auf den Springbrunnen inmitten der Tanzfläche. Während alle auf das schäumende Wunder starren, die Damen ängstlich tun, sich bei ihren Herren unterhaken, gibt Jette Neumanns kaltem Atem Feuer. Hinter ihnen reiben sich die Flügel der Schwingtür im Gegenlicht nachtgold aneinander, sacht, sachter. Die Handtasche bleibt auf einem Samthocker zurück, staunend den Verschluß geöffnet. Die Bombe verschläft ihren Einsatz trotz des Lärms. Als der Hausmeister am Neujahrsmorgen nachschaut, ob eine Geldbörse in der Tasche, läßt er sie in einem Schrei, in dem er sich selbst nicht wiedererkennt, fallen.

13. Dezember

Von den Sätzen mit »weil« will ich nichts wissen.

Heute fährt Katia mit dem Taxi. Neumann bezahlt den Fahrer im voraus, schlägt die Tür zu. Die aus Wallerfang seien im Dunkeln besonders gefährdet, spricht er durch die taube Scheibe.

– Laß mir was übrig, denkt Katia, laß mir was, laß mir, laß. Alles was scharf macht.

Jette wird 605 Tage mit Neumann leben. Sie fährt mit ihm nach Coburg, spielt in einem Dokumentarfilm. Die Tage sind gezählt. Jette, in Großaufnahme, in einer Sofaecke, der Rock ist ihr bis weit über die Knie hinaufgerutscht. Sie spielt mit einer Smith & Wesson, fuchtelt mit der Mündung vor dem Auge herum, das hinter der Kamera sie anschaut. Am Abend schlafen sie bei Neumanns Mutter, die Tafelspitz und Rauchbier auftischt. Sie fahren weiter, nach Italien. Eine Informationsreise, sagt Neumann. Bei den Römerinnen im allgemeinen, bei einem Modell in Hamburg im besonderen studiert er die Merkmale des anderen Geschlechts. Viva Maria. Jette wird böse, will zurück, bleibt dann doch, verbockt. Sie fliegen nach Jordanien. Sie sagt, ich bleibe. Sie trennen sich. Jette gibt Neumann die Luftmatratze mit. Sie hat ein Bett gefunden, ein wildes und ruhiges.
– Sie haben gefragt, ob ich helfen kann, beim Aufbau einer Medizinstation, sagt Jette.
– Sie? Du meinst er, Neumann ist gekränkt.
– Du kannst mir ja schreiben, sagt Jette zum Trost, weiß, wie albern das klingt, ihm eine Brieffreundschaft anzutragen.
– Postlagernd Amman. Sie lächelt verschwörerisch.
Neumann mutmaßt, sie grinse über ihn, läßt sie stehen in der Hitze, hofft, sie schmore, kratzt sich beim Fortgehen vorwurfsvoll den Sonnenbrand, denkt, daß es kein Frauenklo gibt hier.
Gaddafi hat eine weibliche Leibwache. Hussein versucht im eigenen Land die palästinensische Revolution zu zerschlagen, mit Erfolg. Jette tut, was sie kann. Mit Erfolg. Sie gehört niemandem und hat einen Platz, Ort, an dem sie »ich« sagt, ohne zu schrumpfen. Sie trifft auf Deutsche, denen es zu heiß, die Baracken zu schmutzig und das Essen zu schlecht. Halbherzig robbt der, der Hans heißt, in Samthosen durch den Sand, um nach wenigen Minuten fluchend aufzugeben. Eine blonde Frau tröstet ihn, sagt »Baby«. Ma-

rie steht wie ertappt daneben. Die Hände hängen schlafend ihr bis zu den Knien.
– Bande, ärgert sich Jette, hat keine Ahnung, daß das Wort Geschichte machen wird. Bande, das hatte Jettes Mutter gemurmelt, spielten die Nachbarskinder gegen das Garagentor Fußball, wider dem Gebot der Mittagsruhe.

13. Dezember

Es gibt keine Generation, die unschuldig geboren? Jeder Satz zieht seine Kraft auch aus dem Zeichen, mit dem er endet.

Im Schwarzen September löscht Hussein die Palästinenser aus, die ihm nicht entkommen. Die Kalaschnikow hängt nicht mehr am Bettpfosten. Da ist Jette schon fort. Sie ist verabredet mit Marie in Berlin zum Spaziergang. Da gehen sie, die Zigarette in der linken, den Revolver bald in der rechten Hand.

14. Dezember, Dienstag

Mir fehlt was.
Was?
Was.
Man sagt, das geht vorbei.
Der Gang der Dinge verschweigt, daß es etwas zu lernen gibt.

Die Männer, die Jette hatte, rauchten nicht. Jette hat Männer und raucht. Rote Hand. Die gleiche Marke wie die, die sie suchen werden.

– Was geht mich Vietnam an, schimpft Neumann.
– Was geht mich das an, wenn ich nicht kann.
– Komm, sagt Jette, komm, komm. Die Frau kann in der Entwicklung eines revolutionären Prozesses eine wichtige

Rolle spielen, als Kurier, Krankenschwester, Lehrerin, Köchin, Schneiderin.
Komm.
Jette ist zurückgekommen.
Sie kann das Gewehr nachladen.
Später streichelt Neumann Jette den Hals. Sieben Leben hat die Katze, auch wenn sie früh stirbt.

Neumann schickt Katia eine Dokumentation zum Thema »Neumann«. Bei der Räumung eines besetzten Hauses klettert der nicht ernannte Innensenator von Berlin über die spanischen Reiter. Er verliert seine Baskenmütze. Auf der anderen Seite angekommen, bittet er den Einsatzleiter, den er vom Fußball her kennt, sie ihm herüberzuwerfen.

– Was ist nun Sache mit uns? Ende oder Trente? Selters oder Sekt? Bulle oder Bruch? Neumanns Postkarte kommt eine Woche später, schwarzrot der Sonnenuntergang vorn, lila und steil die Schriftzüge auf der Rückseite. Katia fühlt sich geschmeichelt, eingeweiht, weiß nicht, worum es geht und was antworten.
Kann man selbst langsamer sein als der Weg, den man geht?

16. Dezember, Donnerstag

Das Geheimnis der Entscheidung bleibt. Das Wann? Warum jetzt? Wofür auch.

Der, der Hans heißt, ißt Pfannkuchen mit Apfelscheiben. Die blonde Frau neben ihm lächelt wohlwollend. Jette noch blonder neben der Frau sieht weg. Ein Schuß, ein Schuß Calvados.
– Es bleibt dabei, fragt der, der Hans heißt, ohne die Augen vom Teller zu heben.
– Papiere besorgen, die Photos austauschen, stempeln, du weißt schon, wie der Kram läuft.

Jette nickt.
– Dann, die Wohnung, denk dir einige Namen aus, aber nimm nicht deinen Mädchennamen, sagt der, der Hans heißt. Jette nickt, damit sie nicht antworten muß.
– Sei bloß vorsichtig. Und keine Liebesbriefe an Neumann mehr. Such dir einen anderen zum Anfassen. Sonst kriegen die uns alle, müssen nur eurer Duftmarke nachschnüffeln. Er greift der blonden Frau ans Knie, beide Frauen nicken.
Jette steht auf, legt ein Zweimarkstück neben den Aschenbecher, auf dem zwei Steinböcke sich gegeneinanderbäumen. Faßt man sie bei den Bronzehörnern, hat man sie im Griff. Draußen wartet Philipp.

16. Dezember
Lebenserwartung ist das, was man vom Leben erwartet.

Jette bleibt bei der Bande, bis zum November 1971. Jette ist Jordanien, Neumann und die Heimat los. Herrenlos und hundeelend. Auf der Suche von Jette nach Jette läßt die eine die andere zurück, eine traurige Kindheit, manch lehrreiche Liebe, das Warten, Werben, alles, was einmal wichtig, jetzt gewogen und für keines Blickes länger würdig befunden. Fieberfröste. Der Kampf wird wie ein Leben dauern, bis zum Tod. Sie hat den Haß und die Lust dazu. An der Gewalt, die sie übt, schärft sie ihre Konturen, den Rücken frei, denn mit dem steht sie zur Wand. Wenn Jette jetzt sich ärgert, wirft sie den Schuh nicht mehr auf den Plattenspieler. Die Todsünde, die mögliche, entläßt aus der Seelenhaft.

16. Dezember
Die gerade noch greifbaren Ziele lohnen die Mühe nicht.

Sie lebt in Hamburg, in einer Parkettwohnung, auf Zeit. Sie fälscht Papiere für die Gruppe, lebt die Nächte unter einer Decke unter einem immer schrägen Mond. Er ist jünger als sie. Zum ersten Mal kehren die Verhältnisse sich, bestimmt

Jette, wo es langgeht, wo es reicht, warum es noch nicht genug. Mittags stehen Philipp und Jette auf, schließen die schiefen Blicke der anderen aus, die eifrig seit dem frühen Morgen an Werkzeugen feilen, Pläne schmieden. Die Nächte, für den Schlaf zu schade, sie häufen sich.

Neumann ruft an, erkundigt sich nach der Wirkung seiner Postkarte.
– Danke, sagt Katia wenig schlagfertig.
– Ich habe noch Wechselgeld von der Heimfahrt übrig.
– Kauf dir ein Eis dafür.
Eine Schublade wird aufgezerrt, klemmt, Scharren, Papier raschelt.
– Warte, sagt Neumann, legt den Hörer hin. Katia hört Kakteen seufzen. Neumann durchsucht sein Büro.
– Hier, sagt er, diktiert ihr sieben Ziffern, sagt, frag nicht so viel. Kichert. Jettes Anwalt bevorzugt Blondinen.

Die Dame im Vorzimmer streicht ihren gelben Haarbausch zurück, mustert Katia, als käme sie zur kosmetischen Beratung. Flache Schuhe, grüne Wollstrümpfe, die sich um die Fußgelenke in Falten legen, dafür bis in die Achselhöhlen reichen unter dem grauen Trenchcoat, der viel zu dünn für einen solchen Dezember. Zwei Schals, ineinandergedreht, keine Handschuhe und eine Lederkappe, unter der Locken hervorquellen, als habe man einen Deckel in einen Sahneberg geworfen. Ungeschminkt bis auf den blutroten Lippenstift, den sie jederzeit ohne Spiegel auflegen kann, bei Tisch, auf dem Klo, im Bett, wenn der andere die Socken auszieht. Über die Nase zieht sich ein roter Strich, der auf den Wangen wie schlecht gemaltes Rouge ausläuft. Das hat Katia, kocht sie über, vor Angst, Aufregung, läßt sie sich gehen, müde schmutzig flügellahm. Das hat sie, hat sie geerbt. Mit krähender Mädchenstimme, die der stolzen Aufmachung ins Wort fällt, bittet die Vorzimmerdame, im Nebenzimmer zwei Platz zu nehmen. Katia schält sich noch aus dem Übereinander ihrer Kleidersammlung, da befiehlt die Stimme sie eine Tür weiter. Ein Papagei kreischt sich frei auf seiner Stange, bekackt mehrere Lagen Zeitungspapier, die den Teppich um den Naturstamm schützen. Fünf schmalschultrige Tamilen wechseln die übereinandergeschlagenen Beine, links über rechts. Die Frau mit den gewickelten Waden zieht die Füße an, als sei Katia ihr zu nahe getreten.

Katia wählt das Sofa, das bleibt ruhig und gelb.

Der Anwalt, der wegen Jette seinen guten Ruf und die Freude am Beruf verlor, vergleicht ihre Anmeldung auf dem Schreibtisch mit ihrem Gesicht, fragt nicht nach ihrem Alter, nicht nach Wallerfang. Er schüttelt den Kopf, richtet sich auf, stützt die weichen Hände breit auf die Tischkante, beugt sich einen Moment vor, als wolle er zu seiner Sprachlosigkeit etwas hinzufügen.

– Sympathisanten, denkt sie, so wichtig wie nichtig. Das sind die, die pünktlich Mittagsschlaf brauchen, weil Verdrängung so müde macht.

Die Jalousie zu einem schwarzen Rollschrank rattert mit Nachdruck herunter.

– All die sympathischen Gesichter, jedes verwischt im gleichen entschuldigenden Lächeln, senkt betroffen die Stimme, schiebt den Rücken, von Schreibtischarbeit gebeugt, noch weiter vor, bekundet mit Pfefferminzatem sein aufgeklärtes Unverständnis. Katia wartet. Der Anwalt streicht zwischen I und J mit dem Mittelfinger entlang, um schließlich einen Ordner K aus der zweiten Reihe zu ziehen. Doch die, die aus zwei heißen Sommern nicht mehr herauskamen, ungeschoren, hatten sie nur eine Pose mehr Gangstermentalität. Mörder statt Gesellschaftsspiele? Auch sie haben sich Autohandschuhe zugelegt, aber aus anderen Gründen.

Er sagt, sie möge das Ding heute abend noch zurückbringen.

Türwärts zögert Katia, schiebt den Ordner vor den Bauch, drückt den Flügel mit dem Rücken ganz zu.
– Glauben Sie, daß sie tot ist, im Libanon ums Leben gekommen? Unendlich langsam schüttelt er wieder den Kopf, hält die Waage zwischen Antwort und Erstaunen ob soviel Unbedarftheit.

Je mehr Papier sie sammelt und auslegt, desto breiter wird die Spur zu Jette. Da irrt Katia.
Ali war der Techniker der Gruppe. Er hat, als Zeuge befragt, beklopft, begnadigt, nie um sein Leben fürchten müssen. Kein Todesschuß in Grunewald für Ali. Er kam mit der Tracht Prügel hinter dem Bahnhof Zoo davon, wo Schlägereien Stricherroutine.
– Verbrannt, ruft Jette aus dem Auto, tritt auf das Gas, blendet das Fernlicht auf. Als sie seinen Kragen loslassen, rutscht er die Wand herunter, bleibt in der Hocke, kramt ein Taschentuch aus der Hose, duckt sein Gesicht in den Ärmel seiner Jacke und atmet auf. Jette fährt an, drei Türen schlagen zu, während der Wagen schon rollt.
– Immer noch BMW, brummt der Techniker Ali.
Jette mit allem Ernst beim Spiel macht Fehler wie eine Anfängerin. Ein Paket Briefmarken, Papiertaschentücher, unbenutzt, zwei Lippenstifte, eine Wollsocke, eine Brille mit Fensterglas, ein Adreßbuch wie eine Logarithmentafel; kein Anschluß unter dieser Nummer. Was kommt in der Beschreibung einer gesuchten Person nicht vor? Alles, was zu ihrer Ergreifung führt? Ali bemerkt die Tasche nicht, die vom Wagendach gerutscht ist.

Jette hat ihre Tasche verloren, schon wieder. Auch Ali, das Werkzeugwunder aus Gütersloh, hat Pech gehabt. Eigentlich wollte er zur Polizei. Seine Bewerbung wurde abgelehnt. Jette nennt das: Geschmacklosigkeit des Schicksals. Sie traut Ali nur, wenn er über Technik, Statik, Handwerkerbedarf spricht. Nach einer Reise ins Tessin lasten feste Vorsätze auf dem Gepäck. Die Verlobte hilft ihm tragen. Ali will sich stellen. Am Bahnhof Baden-Baden kommt man ihm zuvor. Von zwei Beamten in Zivil wird er erkannt und festgenommen. Jette, wütend, hatte es gleich gesagt, Urlaub vom Untergrund, das gibt es nicht, hatte das Haushaltsbuch zurück in die Schublade geworfen, Ali einen Reisezuschuß aus der Gruppenkasse abgeschlagen.

Katia starrt die Akte Ali an, ein Verhör über tausend Seiten dick, mit Zeichnungen, Photos, Stadtplänen, die von Pfeilen durchzogen sind. Die Ausgänge in Begleitung zweier bewaffneter Beamter in Zivil geben ihm Gelegenheit, bei Lokalterminen tief Luft zu holen, damit er besser sich erinnern kann.
Auf die Küchenwaage legt Katia den Ordner, sechs Pfund und siebenundachtzig Gramm zeigt die Skala an. Ali belastet niemanden.
Heute lebt er getarnt als Wilhelm F. allein, unverheiratet in Süddeutschland. Wochenenden und Sommerurlaub verlebt er auf seiner Hacienda, einem freien Gartengelände zwischen zwei Maisfeldern, das er beackern darf, solange die angrenzenden Bauern sich um die Besitzverhältnisse streiten.

17. Dezember, Freitag

> Daß es so kommen konnte? Da gab es keinen Schritt zurück. Von Auftrag und Verzweiflung, von Kampf und Enttäuschung. Jugend?
> Eben.

Im November 1971 verliert Katia ohne Jettes Zutun den Glauben an alles, an das Christkind und an die Jungfrauengeburt. Jette, Nerven wie ein Engel und unschuldig wie ein

Profi, verläßt den, der Hans heißt, und die ganze Bande dazu. Draußen wartet Philipp. Hans, mit seiner Vorliebe für Kaschmir, BMW und scharfe Befehlstöne, hat Neumann nicht gemocht. Jette und Neumann schicken Briefe in den Knast hin, Briefe aus dem hohen Norden Hamburgs her. Hinter Hans' Rücken. Der dreht sich eines Tages um, sieht, was er immer schon wußte; diese unzuverlässige Person Jette. Da tauscht Jette ihren Decknamen Juliane gegen »Hedwig Dünn«, denkt an Neumann, hakt bei Philipp unter. Sie tauscht den Hamburger gegen den Berliner Untergrund. Ein Set zum Vervielfältigen von Stempelabdrücken unter der Wäsche, ein Kleinkaliber-Schnellfeuergewehr und eine Firebird verstecken sich im karierten Koffer. Wochen später wird schüchtern Ali sich ihnen anschließen. Mehr als zwei sind eine Gruppe.

17. Dezember

Was hindert sie daran, wie andere zu denken? Die Unbelehrbarkeit der Verhältnisse?

Ali, er hat immer nur im Auto gesessen. Hat gewartet, bis die anderen herauskamen, seine langen Haare unter einer Schirmmütze versteckt.

Katia geht in die Küche, setzt Wasser auf. Sie ist auf Seite siebenundfünfzig des Verhörs, und auch heute verzichtet Ali auf die Anwesenheit seines Pflichtverteidigers. Statt dessen dreht er am Verlobungsring. Im Schrank findet Katia eine Dose Schnellkaffee, Gold. Der Kessel pfeift, bis ihm die Schnauze abfliegt. Katia sucht die Wüste nach Spuren ab.

Es ist sechs Uhr dreißig. Jette kommt mit dem Nachtzug in Berlin Friedrichstraße an. Philipp läuft hinter ihr her, in den Katakomben, die zum Osten gehören, Braunkohle, Alkoholfahnen und Kotze lallen sie am Intershop an. Sie halten sich

wegen des Gepäcks nicht bei der Hand, nehmen die Strecke über die toten Bahnhöfe. Berlin Mitte, Französische Straße, Alexanderplatz. Jettes Gesicht ist grau, mit einem roten Streifen über der Nase, als habe sie eine Brille abgenommen. In der kühlen Morgenluft dann breitet sich der Streifen langsam über beide Wangen aus, täuscht Frische vor, wo nichts als Erschöpfung. In der Yorckstraße finden sie eine Eckkneipe, die durchgehend geöffnet und seit einer halben Stunde Frühstück anbietet. Die Wirtin schüttet den abgestandenen Kaffee aus der Maschine, brüht neuen mit der Hand, leert die Aschenbecher, öffnet ein Fenster, durch das eine Katze ins Freie springt. Berlin ist ein Dorf, nicht nur dicht an der Mauer. Die zweite Hälfte des Brötchens schiebt Jette beiseite, lehnt sich an Philipp, schläft ein. Er kaut zaghaft weiter, dreht eine Zigarette, ist in Versuchung, aus alter Gewohnheit, die Schuhe auszuziehen. Sie sitzen auf einer Bank, mit dem Gesicht zur Tür, wie Kinder, die Zündhölzer verkaufen müssen und selbst keine Wärme haben. Bei seinem ersten Treffen mit Jette hatte Philipp den Fehler gemacht, sich mit dem Rücken zur Tür zu setzen. Sofort hatte sie ihn getadelt. Er hatte ihren Unwillen genutzt, um ihre Beine anzustarren, Mädchenbeine in schwarzen Kniestrümpfen, mit viel Haut zwischen Knie und Rocksaum. Jette, weit über zwanzig, lebt das Schulmädchen aus der Provinz aus.
Philipp behält die Schuhe an, um nicht auf Socken vor der Polizei davonlaufen zu müssen. Er hat eine Schwäche für Schulmädchen. Philipp schiebt Jettes Kopf zurück auf seine Schulter, bevor sie ihm in den Schoß fällt. Alles auf den ersten Blick. Jette im kurzen Rock hat eine Schwäche für Philipps Schwäche.

Auch heute verzichtet Ali auf seinen Pflichtverteidiger, läßt sich ködern mit der Liebe. Gesteht er unerwartet Neues, und das mehrere Seiten dick, darf er eine halbe Stunde mit seiner

Verlobten in der Zelle tun, was Verlobte tun. Seine Sätze lesen sich wie die Regieanweisungen eines Dokumentardrehbuches. Maßstabgerechtigkeiten. Ein Schuß, das ist eine Kugel, die von hier auf dort, nicht auf Mord zielt. Nur auf die Mitte des Leibes. Katia drückt die Fäuste gegen die Augäpfel. Von weitem kann sie das Portal eines Friedhofs sehen.

17. Dezember

> Sicher werden einige von uns sterben. Alle Menschen sind sterblich.

Als Jette, Philipp und Ali die erste Bank ärmer machen, steuert Jette den grünen BMW, wartet um die Ecke mit laufendem Motor, verkleidet als Mann, weil sie als Junge gelten will. Vergeblich, die Fahndung hält nach zwei jungen Männern und einer Frau Ausschau.

17. Dezember

> Die eigene Bedeutung wächst mit der Gefährlichkeit, die einem zugeschrieben.

Katia zählt, einundzwanzig zweiundzwanzig dreiundzwan- ... Da haben sie Jette die Hände auf den Rücken gedreht, schneller als sie denken konnte.
– Ein Mißverständnis, hat Katias Mutter immer schon gesagt.
– Polizisten sind auch nur Menschen und haben meist kein Abitur. Die Mutter ist gelernte Schuhverkäuferin.

17. Dezember

> Bewaffneter Kampf, es denen zeigen, die es eh schon wissen?

Katia schreibt mit, wie sie denkt. Im Untergrund gibt es kein frisches Obst, keine müßigen Tage auf dem Balkon.

Keine Platten, keine Photoalben, keine Katze, keine Handvoll Telephonnummern, die Rettung gäben an einem Abend, der Stunde um Stunde mit Alleinsein straft. Was hat Jette davon, wenn sie nichts mehr hat? So wenig, daß sie nah an allem ist?
Katia kratzt an einem Pickel im Mundwinkel, bis er blutet. Je mehr sie über Jette erfährt, desto fremder wird sie ihr. Sie ist nicht mehr, was lächelt.
Der Anrufbeantworter knackt. Leise spricht die Stimme der Freundin im Flur den immergleichen Satz. Der Hamster gräbt in seinem Käfig nach einem Ausgang, vergeblich. Vielleicht hat er nur Hunger. Katia holt eine Rübe aus dem Kühlschrank, beißt die Spitze ab.
– Da, Josef, gerecht geteilt, sagt sie und vertieft sich in seine roten Augen. In der Nacht hat sie geträumt, jemand sitze am Fußende ihres Bettes und zöge die Decke weg, immer wieder. Hat geträumt, daß sie gar nicht träume.
... sie ist, was fremd bleibt.
Stille Nacht, kalt klare Nacht.
Katia zieht die Gardinen davor.

17. Dezember

Gefühle von Verlorenheit sind die Vorboten der Gewalt.

Jette kauft sich eine Motorradjacke mit geräumigen Innentaschen, um alles und die Waffe unterbringen zu können.

Raus aus der Politik, rein in den Krimi, schreibt Katia in ein zweites Heft. Die Wohnung wartet still, jemand möge klopfen. Wieder kratzt Katia am Pickel. Kein Spruch erscheint an der Wand. Stille Nacht, kalte Nacht.

später

Und morgen?
Der Gutartigkeit der letzten zwanzig Jahre vors Schienbein treten.

Jette steht am Treffpunkt, die Hände in den Taschen direkt unter der Brust. Eine Hacke hämmert gegen die andere. Sie sind über die Zeit. Durch die Lüftungsklappe im Duschraum haben sie alles besprochen. Gleich wird sie ihre Schatten sehen. Engelshaar hat sie den beiden Frauen in Haft versprochen, feines, mit Edelsteinen besetztes Band, um Gitter durchzusägen. Am Engelshaar aus dem Unglück ziehen.
Die Aktion schlägt fehl. Zwischen Bettwäsche, geknotet, und Leiter, gestreckt, haben drei Meter geklafft. Ali hat sich verrechnet. Die beiden Frauen enttäuscht, Jette wütend. In den Tagen danach befeuchtet das Personal die Bettwäsche im Keller mit Wassersprengern. Mürbe geworden, werden in Zukunft die Laken reißen, beim ersten Versuch, auch bei der zartesten Frau.

Katia hat die rechte Hand unter die linke und die linke unter die rechte Achselhöhle geklemmt. Sie holt sie nur noch hervor, um umzublättern. Guerilla ist: 40% Planung, 40% Improvisation und 20% Unmögliches, das trotzdem getan werden muß. Stadtguerilla ist vor allem der Kampf gegen die Langeweile. Katia hat sich informiert.

– Lächerlich, wenn uns einer sieht. Sie stochern weiter. Mit grünen roten gelben Stangen, Gerippen für Kinderzelte, bearbeiten Ali und Philipp den Kofferraum des grünen BMW. Vergeblich. Der Schlüssel liegt im Gully. Eine Zigarettenpause, und sie schalten aus Gewohnheit den Polizeifunk ein. Der überträgt live:
»Zwei Verdächtige sind auf dem Parkplatz des Studentenwohnheims gesehen worden. Sie sind dabei, einen Kofferraum...« Ali schielt auf Philipp und sieht im gleichen Augenwinkel ein Polizeiauto schleichend die Schnauze um die Ecke schieben. Zwei Polizisten steigen aus, kommen bedächtig auf sie zu. Ali wechselt einen Blick mit seinem Freund. Sie lassen

die Beamten ganz herankommen. Als sie nach den Papieren fragen, führt Philipp die Hand in die Seitentasche seiner Jacke. Wo die Waffe steckt. Der Beamte greift nach dem Gürtel.
Philipp schickt ein Stoßgebet zu Jette. Die läßt vom Frühstückstisch eine Tasse fallen, wischt die Kaffeelache nicht gleich auf.
– Jetzt, sagt Philipp halblaut, zieht seine Waffe und rennt los. Ali, verfolgt von dem Jüngeren der beiden Polizisten, nimmt die entgegengesetzte Richtung, hört Schüsse, läuft weiter, verliert die Orientierung, kommt trotzdem davon.

– Würden Sie den Fluchtweg bitte genau einzeichnen, sagt der Beamte in Zivil und reicht Ali vor Ort einen Filzschreiber.
– Sie können den Plan auf die Motorhaube legen, sagt der Beamte. Ali macht kleine Striche, links, rechts, wie Hasenspuren im Schnee. Angsthasen. Aber die frische Luft tut gut. Ali malt sorgfältig weiter, rechts, links, rechts. Ein elegant geschwungener Strich.
– Das war die Mauer, erläutert er sein Gemälde, das nur Kunstsinnigen weiterhilft.

Jette, durchgestreckten Beines, bockt vor der Kaffeelache, als zwänge jemand sie hineinzuspringen. Philipp läuft so schnell, daß er es schaffen wird, wenn nichts dazwischenkommt, zwischen Rippen und Fell, zwischen Kopf und Kragen. Der Ältere der Beamten schnauft, schlenkert mit seiner Dienstwaffe, als habe er vergessen, wozu sie taugt. Philipp hört einen Schuß aus der Ferne, läßt kopflos seine Waffe fallen.
Jette geht in die Hocke, das Gewicht auf beiden Fersen.
Die Klammer am Schlitten löst sich, und das Ding fällt auseinander. Philipp hebt mit einem Griff alles auf und rennt weiter, seinem Verfolger immer noch weit voraus. Er läuft in eine Einbahnstraße. Aus einem schmalen Garagentor schiebt

sich mit Fehlzündung ein bemalter VW-Bus. Philipp reißt die Beifahrertür auf, springt neben die junge Frau, die ihn nur kurz anschaut, als er zu barsch kommandiert, sie solle losfahren. Nach einigen Minuten holt er die Waffe hervor, versucht, sie wieder zusammenzuklammern. Die Frau fragt, wohin er wolle. Er sagt, ihr Auspuff sei kaputt, und schaut ihr in die Augen. Sie versteht sein Angebot. In einer Straße weit vom Zentrum hält sie vor einer Ladenwohnung. Die letzten Schritte aus dem verwahrlosten Vorgarten sind zugleich auch die ersten in eine rosa Wohnküche. Als die Frau die Vorhänge zuziehen will, hält er sie am Handgelenk fest. Da er vergißt, sie rechtzeitig loszulassen, folgt er ihr ins Schlafzimmer.
Jette sammelt Scherben auf.

Katia, unter Dampf vor lauter Denken, muß jemanden sprechen. Sie ruft Neumann an. Niemand hebt ab. Sie ruft Jettes Kindermann an. Der Anrufbeantworter singt eine kurze Arie des ängstlichen Don Juan, der von seinem Vater erwischt wird. Auf frischer Tat. Katia, jetzt ruhiger, hinterläßt ein halbminütiges Schweigen auf dem Band. Daran wird er sie erkennen.

– Es ist mir egal, sagt Jette und zieht die Jacke über, läuft zwei Stufen zugleich die Treppe hinunter, hartnäckig bemüht, die lässigen Gewohnheiten der Männer anzunehmen. Sie gehen nebeneinander vom Turm, der gemeinsamen Wohnung, zur Kneipe zwei Straßen weiter. Jette läßt die Wut an allem aus, was ihr in den Weg kommt, schubst Dosen, schießt Steine, haut gegen die hüfthohen Pfosten, die die Feuerwehrausfahrt begrenzen.
– Wie stellst du dir das vor, fragt Philipp. Seine Hände stekken tief in den Taschen, so daß die Schultern über den durchgedrückten Ellenbogen angespannt und gerade starren wie Kleiderbügel.

– Jetzt stellst du sie vor, variiert Jette den Satz.
– Sie studiert? Suchen wir unsere Leute jetzt an der Uni? bohrt sie weiter.
Philipp läßt nicht nach im Kreuz, schaut hinter einer Radfahrerin in schwarzer Lederjacke her. Jette bleibt stehen. Er stellt sich vor sie, geht weiter, rückwärts, den Blick auf ihren Mund geheftet, um ihr ein Lächeln zu rauben. Versucht er sie zu küssen, beißt sie ihm in die Nase.
– Los, sagt Jette, und sie laufen um die Wette die letzten hundert Meter zur Kneipe.
– Jetzt willst du sie gleich in die Gruppe nehmen, da sie sich zweifach bewährt. Jette spitzt das letzte Wort zwischen den Lippen an.
– Schau sie dir an, sagt Philipp.
– Vögeln macht blind, sagt Jette.
– Nicht, daß ich eifersüchtig wäre. Sie zieht die Strümpfe hoch, die ihr beim Wettlauf zu den Knöcheln gerutscht sind.
– Aber was? fragt Philipp.
– Du weißt, wenn ich sie gut finde, wenn sie mir auch gefällt, dann kannst du so viele Seitensprünge springen, bis dir die Gelenke wehtun.
– Aber dir gefällt keine. Philipp nimmt ihr Kinn in seine Handmulde, streichelt sie, wie man es mit beleidigten Katzen tut.
– Ich mag keine Frauen, sagt Jette.
– Ein Mädchen ist Risiko genug für die Gruppe.
– Da, sagt Philipp und nickt zur Tür hin. Jette drückt sich tiefer in den Stuhl, greift nach ihrem Ohr. Eine dunkelhaarige Frau mit Pferdeschwanz und Strickhose steht suchend am Eingang. Sie sieht Philipp an. Zu lange.
– Schon falsch, sagt Jette.

Woran wird der Mensch gemessen? Katia denkt an das Gleichnis mit den Talenten, nach denen man gefragt wird

beim Jüngsten Gericht, falls man nicht verschläft, wiederaufzuerstehen.
Woran? Daran, wie er einmal war? Was er zuerst tat? Wie spät er sich später entschied? Und Todesangst, ist das die Angst, nicht genug gelebt zu haben?

Jette ist wütend.
– Die blutigen Auseinandersetzungen in Nordirland haben auch auf deutschem Boden ihre ersten Todesopfer gefordert. Es ist achtzehn Uhr, meine Damen und Herren. Sagt die Stimme aus dem Lautsprecher. Der Sprengsatz hat zu früh gezündet.
Jette ist unglücklich. Jemand hat versäumt, den Warnanruf zu machen im britischen Yachtclub. Jetzt ist der Wächter tot und seine Mutter schwer verletzt.
– Es ist achtzehn Uhr fünfzehn. Das Wetter.
– Scheißwetter, sagt Jette und tritt das Fenster vom Stuhl aus mit dem Fuß zu.
Den Entwurf zum Flugblatt zerreißt sie. Die Schlafmütze fliegt und wird drei Tage später verhaftet. Der Gesang kommt ihnen schon bald zu Ohren. Das nächste Mal treffen sie sich vor dem Bärenzwinger im Zoo. Alle kommen und auch Jette, zerzaust und sehr lebendig.

Katia schreibt auf, was sie weiß, weiß, welcher Wecker sich zum Basteln einer Bombe eignet, oder wie man Ferngespräche vortäuscht auch gegenüber der Polizei, oder, wie man oder wann man am günstigsten photokopieren kann in der Uni, welche Samstage dort besonders verwaist.
Katia läuft laut mit einer Absicht herum wie mit einem Autoschlüssel, zu dem kein Wagen da.

Jette bleibt sich treu und mager, kneift Philipp ins runde Mädchengesicht, wenn er sie »Hedwig Dünn« nennt. Sie sagt: »Hedwig Dünn« unscheinbar bis zum zweiten Blick und hernach kostbar wie ein Bergkristall. »Iß dich satt«, spricht Hedwig Dünn zu Jette, und sie frühstücken bis in den Mittag hinein, Ei und Speck, frische Brötchen, Karlsbader Hörnchen, haben Appetit für mehr als zwei. Zeitungen, zerschnitten am Boden, beweisen, daß man schon gearbeitet hat, obgleich das Gemüt immer noch fassungslos dem schrägen Mond verfallen.

Gelassen geht Jette in den Tag und nie weiter als einen, schaut, was er bringen mag, sagt »Ja« oder »Nein danke«, umrundet mit der Handfläche ihr Knie, bis ihr ganz warm wird. Diese Wärme reicht für den Rest der Stunden, die sie mit verbindlichem Lächeln auf ihre Verbündete, die Disziplin, hinter sich bringt. Gern arbeitet Jette nicht. Hedwig Dünn sagt »Sie auch nicht« und geht Jette zur Hand, klebt ihr einen goldenen Stern auf das unveränderliche Merkmal, den Leberfleck auf der Oberlippe.

Als ein junger Mann sich für die Gruppe bewirbt, um Unterredung bittet, postieren Philipp und Jette den Ali als Betrunkenen vor dem Haus, das als Treffpunkt ausgemacht. Ali wankt unbehelligt die Straße auf und ab, rutscht bisweilen halb in Hauseingängen nieder, läßt keinen Blick von der Fahrbahn, vom Gehsteig, um bei Gefahr im Verzug plötzlich nüchtern einen Pfiff und einen Sprung zur unverschlossenen Autotür gleichzeitig erledigen zu können. Oben in der Wohnung redet Hedwig Dünn entspannt in einen Sessel gelehnt dem Neuen ins Gewissen, fragt, ob er denn nichts anderes machen könne, ob er denn wirklich in dieses trostlose Unternehmen einsteigen wolle. Der Neue will. Jette zuckt die Achseln. Der Neue ist enttäuscht über ein so dürftiges Willkommen.

Jette entscheidet sich rasch, auch, um die Frau, die Philipp vorgeschlagen, nicht ernstlich in Augenschein nehmen zu müssen. Sie braucht einen Mann, dringend. Einer mehr kam abhanden.

– Erschossen, sagt Philipp und schluckt an dem Wort.
– Sie haben ihn durchsucht, die Hosen heruntergerissen. Als sie die Finger von ihm ließen, wollte er sie hochziehen. Das hat bei dem Kleinen mit dem Maschinengewehr den Reflex ausgelöst.
Jette bedeckt mit der rechten Hand eine Gesichtshälfte.
– Sein Gesicht hat die Hauswand blutig geschabt. Die Kugel ist von hinten durch das Auge gedrungen, sagt Philipp.
Am folgenden Tag finden sie sein Photo, das von Philipp und Ali, in allen Zeitungen. Bei einer Taxifahrt vorbei an dem Kirchplatz, wo es geschah, erzählt der Fahrer von der Schießerei und daß es einen erwischt hat. Die Anwohner putzen ihre Autos. Philipp und Jette drücken sich in die Sitze, nicken getroffen. Philipp reibt seine Brille. Als der Taxifahrer ihn im Rückspiegel mustert, setzt er sie hastig auf, zieht die Wangen, bis sie hohl scheinen, nach innen.

Katia zerrt an Kindermanns Ohr am anderen Ende der Telephonleitung, als zwänge sie einen müden Hund zum Spaziergang über vermintes Feld.
– ... und einen Schraubenzieher zu einem Autoschlüssel feilen, treibt Katia ihren Bericht über die praktische Arbeit im Untergrund voran. Kindermann hört hin.
– Weißt du, wie die Kundschaft in einer deutschen Bank sich kleidet, wie man sich anpaßt, den letzten trostlosen Schliff anlegt, obgleich man ausschaut wie eine verschnupfte Maus, lebt man im Untergrund. Fest im Sattel auf ihrem hohen Informationsstand, überhört sie Kindermanns stilles Unbehagen ob ihrer Einfalt.
Jette sei kein Held und keine Heilige, keine Dame, die erotisch die Fünfundvierziger zieht, keine Räuberbraut, die sich widerspenstig gibt, damit endlich einer sie zähmt, mutmaßt Katia.
Sie will sagen, daß Jette wissen will, wie weit sie gehen kann,

wie weit das, was sie tut, auf gleicher Höhe mit der Idee von dem, was getan werden müßte, sie bringen kann.
– Das ist ja eine hohe Abstraktionsleistung, gratuliert Kindermann.
– Hast du in ihrem Adreßbuch gestanden, holt Katia zum Gegenschlag aus.
– Ich denke.
– Dann hat sie dich verbrannt. Katia legt auf.
Das Telephon klingelt, bis es abschaltet. Katia sitzt in der Küche, wagt nicht, den Apparat leiser zu stellen, aus Furcht, er fiele ihr, heiß geworden, aus der Hand.
Die Geister, die sie rief, wie werden die sie wieder los?

Jette springt im Schalterraum auf den Tresen. Dabei tritt sie auf einen Negerkuß, dem weißer Schaum ins dunkle Gesicht steigt. So, wie er jetzt zugerichtet, wird sie ihn nicht mehr erkennen, jedes »weißt du noch« keines höflichen Aufhorchens würdig.
– Halt den Mund, sagt Jette zum verschreckten Angestellten im zitternden Woll-Tweed, weil sie die Stimme unter ihrem Fuß nicht als die des Herzens wiedererkennt.
– Den Schlüssel, fordert sie und läßt den Blick wachsam über die Kundschaft gleiten. Alle viere von sich gespreizt auf dem echten und deshalb so kalten Marmor, schielen nur die Männer in ihre Richtung, warten auf die tödliche Kugel. Dabei sind sie gar nicht gemeint, stören nur. Die Frauen halten die Augen geschlossen. Wieder nichts gesehen vom Leben.
Ein Mädchen mit Zahnspange hat es sich auf dem dicken Hintern ihrer Großmutter bequem gemacht und lutscht erregt am Daumen.

Katia überfliegt die letzten zwanzig Seiten des Verhörs, blättert von hinten nach vorn. Ali verspricht, sich zu bessern, und seine Verlobte, auf ihn aufzupassen. Als Jette verhaftet wird,

gerät die Gruppe in Panik. Außer einem Haupt- und einem Nebensatz macht Ali keine weiteren Aussagen zur Person Jette. Philipp und er tauchen am anderen Ende der Stadt unter, verbringen Tage in der S-Bahn, die Haare gefärbt, die Kleidung kaufhausschick.
Die Kanzlei schließt um 19 Uhr.

Als Jette am nächsten Tag Brötchen kauft, liest sie am Zeitungskiosk etwas von 80 000 DM Beute. Sie stutzt, wird nachzählen, weil sie nur 70 000 DM gebündelt hat.
Kein Bankraub schadet dem Kapitalismus. Auch das hat sie bei den Palästinensern in Jordanien und bei Brecht gelernt, das, und wie man es trotzdem tut.

– Das tut man nicht, sagt der Anwalt, der seit der ersten Begegnung am Morgen noch breiter, unbestimmter, zerflossener seinen Weg geht.
– Was tut man nicht, fragt sie und dreht die Tüte in der Hand.
– Das tut man nicht, mit einer Tüte in die Bank gehen, mit einem Revolver dabei, und anschließend mit dem Revolver im Strumpf Brötchen zum Frühstück holen, sagt er.
– Jette hat keinen Revolver im Socken, behauptet Katia und zieht den Ordner aus der Tasche.
Die Luft im Büro lastet schwer und trocken auf jedem Satz, der als Gedanke noch frisch schien.

17. Dezember, abends

Vor dem Fall, der zu verhandeln, liegt immer ein Sturz.

Die bronzefarbene Schreibtischlampe beleuchtet Kinnlade und Backen von unten, unvorteilhaft. Da Katia keine Anstalten macht zu gehen, muß er annehmen, daß sie noch nicht zufrieden ist.

– Alis Telephonnummer, fragt er, um ihren Besuch abzukürzen.
– Nein, Philipps, sagt sie so knapp, daß er den Namen gerade noch versteht.
– Den können Sie nur einmal im Monat anrufen. Besser, Sie schreiben, sagt er, reißt einen Zettel vom Block neben der Lampe, verschreibt sich, streicht durch, nimmt doch ein neues Blatt.
– Philipp war der Sprengstoffexperte der Gruppe, teilt er ungefragt mit.

Katia zieht aus dem Hängeschrank überlange Spaghetti. Drei Wünsche hast du frei, tröstet sie sich, als gälten noch die Regeln einer Kindheit, aus der sie längst ausgewiesen. Drei Wünsche. Katia ißt die Spaghetti roh.
Eins; sie steht vor dem Postschalter in Wallerfang, die Frau mit der Hasenscharte starrt entsetzt an ihr vorbei, murmelt, daß es ja so kommen mußte, und bekreuzigt sich vor dem Plakat, das zu ihrer Rechten im Kassenraum hängt. Katia hält – wie kommt sie dazu – eine Plastiktüte mit roten Griffen auf. Dann, ein leichter Druck im Rücken, eine Stimme, die sich tiefer stellt und »Komm« sagt. Sie folgt dem Druck, der sie durch die Wallerfanger Salzsäulen lotst. Ein Mann tritt hysterisch auf einer Tomate herum, ohne es zu merken. Sie muß lachen, und alle denken, ihr gehen die Nerven durch.
Bei der zweiten Packung Spaghetti, die Katja aufreißt, überlegt sie, ob es zu »bitterkalt« ein Gegenstück für warm gibt. Hundeelend.
Zwei; als sie ins Auto steigt, ignorieren die beiden Männer Katia, die mit der Stimme in ihrem Rücken nur sprechen. Ob das nötig gewesen sei, fragen sie. Geiseln seien lästig, vor allem weibliche. Meistens bekämen sie vor Schreck ihre Tage. Sie fahren über vertrautes steiniges Gelände. Die Frauen-

stimme kennt sich gut aus hier. Als Katia den Kopf dreht und hofft, daß ihre Neugier von der Dunkelheit verschluckt wird, leuchtet ein Streichholz auf. Ein blonder Haarvorhang fliegt zur Seite, die Hälfte eines Gesichtes wird sichtbar, nickt und zieht sich in die Dunkelheit zurück.
Und drei?
Katia stößt mit dem Fleischermesser aus dem Gefrierfach ein vergessenes Erdbeereis ab. Das ist die Sorte, die sie seit Jahren nicht mehr mag.
Was die Toten sprechen? Sterbenswörter?

– Schlagen Sie sie, bis Blut fließt, sagt der Passant, der seinem Pinscher zum Verwechseln ähnlich sieht.
– Warte, bis ich dich im Wagen habe, sagt ein Helm dicht über ihr. Jemand hat ein Stück Sahnetorte auf den schwarzen Stiefel geworfen. Das hindert ihn daran, direkt ins Gesicht zu treten.
Da kann Jette gerade noch den Kopf einziehen.
Das ist noch gutgegangen.
Nur dem Hund ist elend.
Wenn sie etwas gar und gar nicht wissen will, fängt Katia an zu zählen. Zählen zögert hinaus.

Jetzt kann Jette zwanzig Liegestütze, kann über eine kopfhohe Mauer springen, kann nach hundert Metern immer schneller laufen und ins schwarze Leben treffen, drei Magazine in zehn Sekunden. Jette hat nie feuchte Hände und, nachdem sie geschossen, den Geschmack von Pernod im Mund. Jette ist dabei, eine andere, eine andere in Deutschland zu werden.
Sie kann die Dinge nicht mehr lächelnd sagen.

– Es soll Spaß machen, sagt Jette, trotzdem.
– Es darf keinen Spaß machen, sagt die blonde Frau, die an

der Seite von dem lebt, der Hans heißt. Sie zieht die Pulloverärmel lang über die Fingerspitzen.
Da geht Jette. Draußen wird es kälter im Jahr. Da steht Philipp. Sicher werden welche von uns sterben.
Der 2. Juni geht auf. Seine Zeit ist da, noch vor dem Füchsejagen. Gemein und nützlich.

18. Dezember, Samstag

Was bleibt? Die mit einem Gummiband nach hinten gebundenen langen Haare bei Männern?

– Wer ist denn Hedwig Dünn, hatte Philipp neulich gefragt, mit zwei Händen ihre Taille wie beim Tanzen umfaßt.
– Mein Schutzengel, hatte Jette gesagt und ihre Stirn auf seine Brust gelegt.
Wieder warten die anderen im Turm direkt an der Mauer. Wieder geht Jette zum Bäcker. Es muß 10.48 Uhr sein. Sie überquert den Damm und kramt in der Lederjacke nach Kleingeld. Da, da gehen zwei Männer neben ihr. Achtung, die Tüte reißt. Achtung, raunzt Hedwig Dünn noch mal. Jettes Haare fliegen wie bei einer scharfen Bremsung kranzförmig in ihr Gesicht. Für Sekunden bleibt das Bild in ihrem Kopf stehen. Endlich hört sie das Klicken der Handschellen, bevor im Arm den Schmerz sie spürt.
Nichts sagt sie. Zu einem Strich zieht sich ihr Mund zusammen. Im Turm warten die anderen auf Frühstück, rumoren, schaben mit den Füßen. Minuten, Sekunden, weniger noch fegen den Raum, setzen sich, böse Stimmen, in den hohen Ecken fest. Philipp setzt an, eine Glückwunschkarte nach Wallerfang zu schreiben mit Jettes Schrift. Heute wird Konrad neun Jahre alt.
Hundeelend.

Der 2. Juni beginnt am 2. Juni.
Die Kugel trifft ins rechte Ohr, flüstert, 2. Juni, ich wars. Ich

bin einfach losgegangen. Der Beamte Kurras läßt um halb neun am Abend des 2. Juni 67 zum zweiten Akt der Zauberflöte im Westschatten der Oper eine entsicherte Pistole sinken. Der Pförtner am Bühneneingang schließt das Gitter, damit keiner in den Hof sich flüchten kann.
In der Gosse drückt ein Mädchen ein Taschentuch gegen den Schädel eines fremden jungen Mannes, fassungslos fragend, was nicht über ihre Lippen, was aus jeder Pore dringt.
Jette ist weit weg.
Schnurrbart, rotes Hemd, Sandalen ohne Socken. Wer jetzt nicht schießt, liegt als Erster unter der Decke. Die Photographen wechseln das Objektiv, stellen scharf auf das Berliner Autokennzeichen, das dem Bild den Titel gibt.
B-MW-67.
Der Regierende Albertz, Pastor, erklärt den Toten zum Schuldigen.
Jette kommt näher.
Er spricht sein Beileid aus.
Jette ist da.
Sieben Wochen später tritt der Pastor als Bürgermeister zurück. Sieben Jahre später sitzt der Pastor als Unterhändler in einem Flugzeug nach Jemen.
Jette ist dabei.

19. Dezember, Vierter Advent

Die Summe der Ereignisse fordert ihr Ergebnis.

Jette sitzt im Gefängnis.
Katia besucht Philipp im Gefängnis.
Zwischen den beiden Sätzen liegen zehn Jahre. Was soll sie fragen?

19. Dezember

Der 2. Juni, ein umherschweifender Rebellenhaufen, der zu Fastnacht beim Banküberfall Karnevalsmasken aufsetzt.

Es soll Spaß machen, hat sie gesagt.

Die Mentalität umherschweifender Rebellenhaufen hindert die Rote Armee in höchstem Maß an der Durchführung ihrer schwierigen Aufgabe. Das hat Mao gesagt.

Da hat sie nicht hingehört.

Katia hat ihre Taschen geleert, ihr Einverständnis mit allem schriftlich erklärt. Tampon, Kuli und Lippenstift haben, auf ihre Unschuld untersucht, mitkommen dürfen.

Ein gedunsenes käsiges Monster, zwischen Mädchen und Junge unentschieden, haut dem Schaukelpferd, das in der Ecke sich versteckt, unablässig auf den Hintern. Das Holzpferd wippt traurig in sich hinein, erinnert sich an heiterere Stimmen aus verlorenen Zeiten. Im Streulicht, das von der Decke surrt, wird Katia wund, fleckig. Die Poren weiten sich, schlucken alles, auch den größten Dreck. Nur Frauen warten, rauchen, fahren sich durch gefärbtes Haar, wenn eine Neue dazukommt. Ränder rädern die Augen, Bannmeilen, die den Schlaf aussperren. Doch was blieb, wofür durchwachte Nächte sich lohnten? Im Flur wartet die Kohlentragetasche, daß einer sie wegbringt. Springt der Katze letzter Übermut dagegen, scheppert für 2,70 DM Flaschengut.

Das bringt keiner allein runter.

Eine Frau nagt grellroten Lack von zerbissenen Nägeln. Auf der Toilette zieht Katia farbige Konturen nach. Ein Mädchen, ohne Mann und Motorrad zwischen den Beinen sichtlich antriebslos, toupiert totes gelbes Haar zu Berge, schüttet Parfum hinter die Ohren, in den Ausschnitt, erwidert Katias Lächeln nicht. Warum auch nicht.

Ein letzter Griff zu Kopf und Kragen, die Strümpfe beinhoch glattgestrichen. Ein Pfefferminz rollt unter Katias Stuhl. Sie schlägt eine ungelesene Seite weiter. Das Kind steckt es in den Mund. Die Mutter sagt »Komm her«, froh, wenn es vom Leib bleibt. Niemand liest. Nummer sieben wird bevorzugt behan-

delt, persönlich, nicht über den Lautsprecher aufgerufen. Katia gibt dem Mann, der sie holt, die Hand, zieht die Handschuhe nicht aus.
Nicht bewegt sich zeigen, ermahnt Katia sich. Und dann rutscht ihr doch das ungezogenen Mädchen dazwischen, das Spielbesuch für den Sonntag versprochen bekam. Der fremde Junge hielt mit dem Wunder nicht mit, das sie in Tagen voller Erwartung beschworen. Kein Prinz, der die Kleinstadtöde in eine Wildnis zwängt. Oder?
Philipp gibt ihr die Hand. Die halbe Stunde läuft. Zwei Herren in aufdringlichem Grau vom Staatsschutz setzen sich, einer neben ihn, einer neben sie. Ein Wächter in Uniform hält sich zurück, im Schatten der Tür.

20. Dezember

All das Gezerre am Kaiser und seinem Pferd, während die Riesen immer größer werden.

– Zwölf Jahre Haft wegen schweren Raubes in sechs Fällen. Sie stiehlt, sie würde töten, hört Jette ihren Vater aus dem Lautsprecher, während sie am Radiostecker Schrauben wechselt. Sie sticht mit dem stumpfen Messerkopf zu.
– Da siehst du, Jette hört ihre Mutter schwer atmen,
– da siehst du, was für ein Biest wir großgezogen haben. Der Vater hat die Eigenart, Satzteile zu Anfang oder gen Ende zu wiederholen, aus Angst, jemand höre nicht gleich, nicht lang genug zu.
Zehn Quadratmeter Zelle. Dazu meldet sich auch der Griechischlehrer mit dem langen Schädel zu Wort.
– Nicht den Weg in die Einsamkeit steuern, sondern in Gemeinschaft bleiben, sagt er, die Rede zu Jettes Abitur erinnernd.
– Zehn Quadratmeter, in denen Jette sich Ruhe ausbittet.
– ... zum Terrorismus gekommen, als sie hörte, daß es Terrorismus gibt, holt der Vater aus.

– Zehn Quadratmeter, auf denen sie wurden, was sie wollten. Hier spricht der Deutschlandfunk. Jette sucht das Weite, dreht die Welt auf der Skala weiter.
Gras wächst über Schnee von gestern. Philipp soll sie hier rausholen. Sie trommelt es gegen die Wand.

Philipp ist wie einer vom Jahrmarkt, dessen Tricks man besser nicht kennt. Philipp ist dicker, als Katias Bilder zuließen, dick und draufgängerisch wie die, die pfeifend Karussells aufbauen, pfeifend den Mädchen von hinten auf die Beine schauen. Oder, wie diese Männer mit den breiten Koteletten, die in den Bärenzwinger sich wagen, gelassen tänzeln, als seien sie unter ihresgleichen. Philipp, da schlägt Katia schnell die Augen nieder, ist ein erotisches Ereignis. Sie wischt die feuchte Hand am Strickrock ab. Sie redet Wirres, von ihrem Kuli, von Neumann, zum Glück nicht vom Wetter, weil sie die kostbare Zeit nicht an ratloses Schweigen preisgeben will.
Philipp sieht über ihren Kopf hinweg. Sie dreht sich um, als stünde einer hinter ihr. Da hebt er die Hände, stützt das Kinn in die Handfläche, richtet eine Sichtsperre gegen die Beamten auf. Hoch in der Mauer, handbreit unter der Decke, fällt ein schmaler Streifen blauen Himmels durch ein Fensterloch. Katia baut mit ihren Händen ebenfalls Scheuklappen.

20. Dezember

Die größte Gefahr, – die eigene Angst.

Jette liegt da, Gitter am Fenster, Gitter am Bett, die Haut straff, Kontur nur noch. Sie streikt, droht zu verschwinden, winkt schwach und triumphierend mit der letzten Freiheit.

– Jette, bist du tot, hat sie gefragt, ihr die Augenlider hochgezogen. Da wacht Katia auf, die Hände vorm Gesicht.

Kindermann hütet einen Einkaufszettel in der Brusttasche. »Wenn es geht; Guerlain-Crème pour peau sensible, kostet zwanzig Mark.« Schreibt Jette. »Einmal Lidstrich flüssig, mit Pinsel, einmal Wimperntusche, schwarz. Satinaseife und das Make-up. Und Fressen...«
Heute bringt Kindermann keine Salami, keine Bonbons durch die Kontrolle. Jettes Augen sind so riesig, daß der Lidstrich eine Überschwemmung anrichten könnte, Augensee, der nichts mehr faßt. Den Mund hält sie fest verschlossen.

20. Dezember

> Nicht blind. Nicht so blind, daß sie glaubt, es bis zum Sieg der Revolution durchhalten zu können, nicht, weil sie sich einbildet, sie könnte nicht erschossen, nicht verhaftet werden, sterben. Das Leben ist ein Hungern nach Leben zum Tode.

– Laß uns einen Kaffee trinken gehen, sagt Philipp im Scherz zur wortkargen Katia. Sie greift seine Hand und bestellt zwei Frankfurter Kränze dazu.

»Fressen, ja was? Also, vielleicht wieder mal so einen Nescafé Gold. Zigaretten höchstens zwei Schachteln, Rote Hand. Sonst scharfe Sachen. Zum Beispiel die Salami zu Weihnachten, die war ein Genuß. Ja, und ich wünsch' mir auch noch einen Ziegenkäse. Wenn Bonbons, dann ruhig wieder so etwas Gemischtes, nicht so viel Plastik, mehr so anderes. Aber eigentlich ist das alles auch egal. Hauptsache, es ist von draußen. Das schmeckt sowieso alles.«
Seit vier Wochen hat Jette keinen Wunschzettel mehr geschrieben. Verlegen hält Kindermann eine schwarze Felljacke mit beiden Händen hinter dem Rücken. Als er versucht, seinen Mundschutz von der Nase zu ziehen, damit Jette ihn besser versteht, greift eine energische Hand in Plastikfolie von

hinten zu, reißt mit einem Ruck das Geschenk fort. Eine weibliche Stimme, dumpf, ebenfalls hinter Maske, sagt, Bekleidung jeglicher Art werde im Moment nicht gebraucht. Wenn überhaupt.
Jemals. Jettes Gedanken irren durch den Raum. Jemals noch. Nach vier Wochen.

– Ich habe sie nie mehr gesehen, sagt Philipp zu Katia. Ihre Scheuklappen zittern. Philipp gibt nicht Geheimnis, gibt Unglück preis.

Sind die Kiefer weit genug auseinander, klemmt der Pfleger von links die Maulsperre zwischen die Zähne. Verwendet wird ein roter Magenschlauch, mittelfingerdick.
– Bitte schickt jemanden. Macht. Macht schnell. Ich komme nicht mehr vom Bett hoch. Der Pfleger riecht nach Hühnerfleisch.
Jette nimmt sich vor, rechtzeitig aufzuhören. Nach fünf Wochen.

Steht ihr das Unglück bis zum Hals, holt Jette im vorletzten Schlag gegen Kindermann aus, hebt die Hand. Schweigt »hilf«.
Daß er sich nicht wehre, sagt sie, daß er, was eben noch Verbotenes, in gerade noch Erlaubtes ummünze, sagt, daß er seine Ungeduld verwalte, bis seine Zeit in die richtige Zeit falle. Kindermann schweigt, was hinter dem Mundschutz nicht besonders auffällt. Sagt nicht, daß sie sich überall ihren Schauplatz inszeniert, ohne sehen zu wollen, wie in der Harmlosigkeit aller Tage keiner mehr nach den Waffen schielt. Er hebt ebenfalls die Hand, lächelt mit den Augen, verspricht, einen Besuchsschein für die nächste Woche auszufüllen. Ob sie noch etwas brauche, fügt er unsicher hinzu. Eine Schwester schiebt bereits das Bett aus dem Zimmer. Jette

hebt mühsam den Kopf, hievt den Oberkörper aus dem Kissen, stützt sich auf die Ellbogen, die spitz, ganz rot in die Matratze sich bohren.
Sie freue sich, freue sich, wenn er wiederkomme.
Das Bett fährt schneller. Ein Winken.

20. Dezember

> Fort aus dem Land, wo es Zuckerbrot regnet, damit die Zähne zeitig ausfallen. Die Ungleichzeitigkeit von Herzwollen und Seinkönnen durch eine längere Reise ausgleichen, Berlin gegen Beirut eintauschen, beide Städte geteilt.

Zum Ausgleich mache er Sport, sagt Philipp, zum Ausgleich für die Süßigkeiten.
An jedem Wort wachsen die Ohren.
Ein Vierteljahr habe er die Schule geschwänzt, habe das Leben erprobt, wo es tobt, wie es träge macht. Davon habe er Jette immer wieder erzählen müssen.
– Warum haben sie dich nicht hier rausgeholt?
– Ich reise nicht gern.
– Und Jette?
– Jette hatte schöne Beine, biegt Philipp Katias Frage um, um sie herum, schaut auf ihre Hände.
Dreieinhalb Jahre lebten sie zusammen, locker zu Anfang, dann, im Untergrund, durch Pech und mit Schwefel zusammengeschweißt.
– In der Illegalität wie Mann und Frau, bis daß der Tod euch ... Philipp schweigt sich allein in eine Erinnerung hinein. Katia klopft auf seinen Arm. Ob er sie mitnimmt?
– Du kannst das alles nicht verstehen, sagt er. Lächelte sie jetzt, sähe er, nur er, die Zahnspange in ihrem Mund, in ihrem Alter. Was sie eigentlich wolle, fragt er. Schreiben? Das Wort kommt ihm so leicht von den Lippen, daß sie ihn beneidet.

– Schreiben? Katia wird rot.
– Auf deutsch? Sie legt die Hände an die Wangen, um den Brand zu löschen.
Die Herren in Grau schauen auf die Uhr.
– Die Besuchszeit ist um, kündigt der Wächter gegen die Tür gelehnt an. Ob sie nicht ein Geschenk im Süßigkeitsautomaten ziehen wolle, fragt er. Mit der zweiten Hitzewelle kommt auch die Ahnung, sie hat wieder einmal das Kleingedruckte nicht gelesen.
»Im Wert von 18,00 DM in Silbergeld kann in der Cafeteria...« Sie zieht einen Schein aus der Tasche. Der Uniformierte sagt, er habe kein Geld dabei, aber sie könne die anderen Herren fragen. Der Staatsschutz starrt, ohne zu antworten, auf schwarze Schnürschuhe, als habe er seine Ersparnisse unter der Einlegesohle versteckt.
Den roten Kopf jetzt ganz verloren, rennt Katia hinaus. Der in Uniform hält sie zurück. Ob sie sich nicht wenigstens verabschieden wolle? Katia faßt vorsichtig Philipps Ellenbogen, einen, zögernd den zweiten, weiß nicht, wie, ob weiter. Da zieht er sie näher, drückt zu, fest, sagt, auch er freue sich, freue sich, wenn sie wiederkomme.

Nach siebenunddreißig Tagen löffelt Jette ihre erste Suppe, wünscht sich, den Mund noch voll, eine türkisfarbene Samthose.
Nach fünfzig Tagen wird sich Jette vorsätzlich in Luft auflösen. Draußen wartet Philipp, vergeblich, drinnen, später, lebenslänglich.

20. Dezember

> Gefangenenbefreiung; keiner soll länger als ein Jahr inhaftiert sein.
> Und sie läßt ihn sitzen?
> Ob es richtig ist, hängt davon ab, ob es möglich ist.
> Herbstfeuer?

– Badezeit, sagt die Wärterin und schließt die Tür auf.
Das Wannenbad dauert eine dreiviertel Stunde, und alle sind gekommen. Kindermann sitzt in Hut und Mantel auf dem Hocker neben der Seifenschale, zwei Kühltaschen mit weißem Wein zwischen den Füßen. Neumann entkleidet sich bis auf die schwarze Badehose, lockt eine rote Schwimmente aus der Geschenkfolie.
– Schwarz-rote Hilfe, verspricht er und lüftet die Hose bis zum Einblick. In der Wanne hält Philipp das Wasser warm, die Haare zu einem Pferdeschwanz hochgebunden, weil es keinen Fön gibt hier. Als Jette erfreut der Aufsicht die Tür vor der Nase zuschlägt, steht Jacob dahinter, den linken Unterarm auf die Heizung gelehnt, die rechte Hand am Gürtel, in voller Ledermontur. Jette zieht seine Nähe durch die Nase.
– Lange nicht gesehen, grüßt sie, läßt den Bademantel den Rücken hinabgleiten, steigt in die Wanne, schließt die Augen.
Alle Männer der Welt kümmern sich um sie.
Von den Fußsohlen aus sprudelt es in ihr hoch, füllt sie mit Glück, daß sie nicht weiß, wohin. Leichter, höher. Schweiß vom Gesicht tropft ins Wasser. Was Schrei sein soll, entlädt sich auf einem Ton, in dem fünf Menschen siedendheiß frösteln.
Man sagt, es geht vorbei.
Mitten in der Nacht aus ihrem toten Winkel, inwändig, gezerrt, träume sie, oft träume sie, man stecke sie in einen Sack und ertränke sie in der nächstgrößeren Lache. Sie schaut ihre Männer fragend an. Kindermann streichelt ihren Fuß, Neumann die Brust, Philipp alles, was Haare hat. Jacob dreht die Heizung höher, zum Trost.

21. Dezember, Dienstag

Unter den Menschen findet man sie schon lange nicht mehr, seit sie entschied, daß das Leben nicht das höchste Gut.

Die Wärterin klopft an die Tür. Die Männer scheucht sie davon. Dies Tempo, dies Tempo in der Bewegungslosigkeit, denkt Jette, trocknet zärtlich jeden Zeh einzeln ab.

Stuhlbeine starren nach oben, melden den Abend tot. Jetzt schon, noch bevor sie Gelegenheit dazu hat, ist Jette weg, weit weg. Philipp trinkt sein vorletztes Bier am Tresen. Über den Anwalt, der zu Bauch und Banditentum neigt, kann er Jette nicht schreiben. Kishon fordert in der Mittagszeitung von Tel Aviv, daß jeder gefangene Terrorist, der freigepreßt werden soll, sofort erschossen wird. Darauf trinkt Philipp das letzte Bier.
Jettes Zelle ist so überheizt, daß sie ständig friert.

Der höchste Richter von Berlin blickt durch den Spion. Die Firma Fleurop kündigt sich mit männlicher Stimme an. Tags zuvor hat der Richter seinen vierundsechzigsten Geburtstag gefeiert. Ein herbstlicher Strauß in den letzten wilden Farben wider den Winter führt eine Gruppe junger Leute an, die die Tür aufdrücken. Hände greifen nach ihm, sind sich selbst im Weg, zerreißen seine wollene Hausjacke. Der Richter verliert seine Brille. Drei Schüsse, zwei treffen. Zu Allerheiligen wird der Richter beigesetzt.

21. Dezember

> Todesarten? Ins Wasser fallen, atemlos, hocken auf einer stillen Schicht kurz vor dem Grund, die nur als Wasser erkennbar, wenn ein Stein durch sie fällt. Und dann, noch einmal nach oben kommen, den Kranz von Haaren ausgebreitet.

So ein Tag, so wunderschön wie heute. Beirut liegt unter einer dünnen, durchsichtigen Dunstschicht. Irgendwo im Süden steigt zäher Rauch in die Bergterrassen. Reifen werden verbrannt in Maazra. Jette hält den Ort unter ihrem Finger auf der Landkarte fest. Während Philipp durch Berlin läuft, studiert sie am Nachmittag arabische Wörterbücher, versucht stumm die Sprache den Augen einzuprägen. Sie hat Zeit, Zeit, die sich nicht auf einer Armbanduhr messen läßt.

Der Winter geht vorbei.

Philipp läuft noch immer durch die Stadt. Um seine Einsamkeit neben sich nicht sehen zu müssen, schlägt er den Kragen seiner kurzen Jacke hoch. Mäntel verachtet er. Haushoch auf einem Kinoplakat drängt sich ein nackter Frauenschenkel zwischen nadelgestreifte Anzugbeine. Philipp bleibt stehen, schützt die rechte Hand mit der linken, mit der linken die Erinnerung, die ihm in den Körper fährt. Jette vor einem Pernodglas, im roten Minirock, Revolver in der Tasche. Sie zieht einen Schuh aus, fährt mit dem nackten Fuß innen an seinem Bein aufwärts. Die Zehen, so beweglich wie bei manchen nicht die Finger.

Drei Metallröhren verschlingen sich gen Himmel auf dem Mittelstreifen des Fahrdamms, ein alter Opel mit silbernen Ralleystreifen, aufgebocktem Hinterteil, löchrigem Auspuff, der nach Rennen röhrt, braust vorbei. Ein Arm hängt, trotz der nassen Schneeluft, aus dem Fenster. Frühe Träume, möchte später mal Filmstar, Rennfahrer, Bundeskanzler werden.

Sartresse haben sie Jette in der Schule genannt, weil sie von einem Loch sprach, das zwischen ihr und der Wirklichkeit sich weitete. Philipp kennt Sartre nur vom Hörensagen, von Jettes Sagen.

Er bleibt vor einem Wahlplakat stehen. Ein Mannsgesicht löst sich im Niesel vom Holz. Kinderträume überall. Gehänselt, gekniffen, geboxt und zertreten, hat einer nach jedem Wettlauf sich auf dem Schulhof geschworen, es allen zu zeigen. Wenn er Regierender ist.

Philipp will Jette wiedersehen.
Vor dem Kriminalgericht greift sie aus der von kugelsicherem Glas geschützten Anklagebank nach dem Pflichtverteidiger, schimpft, versucht ihn zu ohrfeigen, spuckt auf den Tisch. Als der Anwalt ihren Arm festhält, spuckt sie noch mal, auf seine Krawatte.
So ist sie, was kann man dagegen tun.
Sie bekommt drei Tage Ordnungsstrafe, von der Verhandlung wird sie ausgeschlossen.
Philipp muß Jette sehen.

Den Frühling riecht Jette beim Hofgang kaum. Zurückgeworfen in das Labyrinth ihrer Möglichkeiten, sucht sie einen verwachsenen Pfad noch einmal. Grimassenschneidend, schäumend wie Milch, die auf hoher Flamme gekocht, steigt das Mädchen, das sie einmal war, in ihr auf. Heiß wird ihr. Über einem dieser fast vergessenen Gesichter färbt sie sich die Haare schwarz.
Auf der Hälfte des Jahres, im Sommer, wird Jette dreißig. Sie spricht mit sich mehr als zwei ernste Worte, wirft ein Lachen über die Schulter gegen die taube Wand.
Philipp stempelt eine S-Bahn-Karte am Bahnhof Zoo. Die gelben alten Wagen halten Schritt mit den Fernzügen, wenn sie aus dem Bahnhof rollen. Beim Theater des Westens geraten sie ins Hintertreffen, rattern über Haltestellen unter Holzdächern, die auch am Ortseingang einer Provinzstadt liegen könnten, wo der Bahnhofsvorsteher am dämmrigen Morgen den ersten Zug mit dem Schlafanzug unter der Uniform abfertigt. An irgendeiner Hauswand steht das Wort »Reife«.
Tage nach ihrer Festnahme hat Jette sich die Welt in die Zelle geholt, hat Artikel über den Nahen Osten ausgeschnitten, auf dünnes Durchschlagpapier geklebt. »Schrekkenstag in Maalot«; drei Palästinenser haben in einer Schule israelische Kinder festgehalten, um dreiundzwanzig

inhaftierte arabische Terroristen freizupressen. Vierundzwanzig Kinder sterben, als Fallschirmjäger die Schule gewaltsam befreien. Drei junge Männer schießen in Panik auf Kinder, Mädchen in der Hauptsache. »Die Erstürmung dauerte sechs Minuten, fünf Minuten zu lang«, nimmt der verantwortliche General Stellung.
Jette unterstreicht den Satz.

»So ein Tag, so wunderschön wie heute.« Die Losung geht am 4. März 1975 über Fernseher, durch alle Nachrichten, wird stündlich wiederholt. Karneval ist vorbei. Die letzten Masken gefallen.
– Hinter dem Ding muß ein kluger rheinischer Kopf gesteckt haben, murmelt der Oberstaatsanwalt. Er hört das Band vom Vormittag noch mal über Kopfhörer ab.

– Und der Herr sprach: Nimm Isaak, deinen einzigen Sohn, den du lieb hast und gehe hin in das Land Morija und opfere ihn daselbst zum Brandopfer auf einem Berg, den ich dir sagen werde.
Niemand scharrt mit den Füßen, wenn er länger predigt als sonst. Pastor Albertz gehört nicht zu denen, die Satz für Satz sprechen, als sei es ihr letzter.
Als sie Jette die Handschellen abnehmen, hält sie die Starre, die Schultern hochgezogen. Der Kopf, kleiner, blasser, ernster Winterapfel, ahnt, er wird gefressen, bevor die Frühjahrssonne hoch genug gestiegen, um einen Strahl durch das Fenstergitter zu werfen.
– Frau Kindermann? fragt der Pastor.
Nicht an ihren Worten, an ihren Taten sollt Ihr sie erkennen.
– Ja. Jette dreht das Gesicht ihm zu, ohne die Haltung einer Gefesselten zu lösen.
– Herr Albertz ist keine Geisel, befiehlt sie laut.

Hinter dem Rücken des Oberstaatsanwalts schlägt eine Tür unsanft gegen den Heizungskörper.
– Sag, ist dir schon einmal das kränkliche Aussehen von Marzipanfiguren aufgefallen, fragt seine Frau, stellt ihm ein Glücksschwein auf den Tisch.
Er wirft ihr nicht einen Blick über die halbe Brille zu, sagt, er käme gleich zum Essen, fährt mit der Hand über die Notizen auf seinem Tisch, als müsse er einen Gedanken fortwischen, der nicht hierhergehört.
– Als ob er es geahnt hätte, führt er sein Selbstgespräch fort, sobald die Frau den Raum verlassen.

– Am 2. Juni vor sieben Jahren, wo waren Sie da, Frau Kindermann, fragt Pastor Albertz.
– Weit weg, sagt Jette, streicht eine jetzt dunkle Strähne aus der Stirn, öffnet den obersten Knopf ihrer Felljacke.
Noch ist keine Sonne zu sehen.
– Weit weg, bei meinen Eltern, sagt sie.
Der Abflug des bereitgestellten Lufthansa-Flugzeuges wird im Fernsehen live übertragen.

Peter Oswald ist Anfang fünfzig, Rechtsanwalt. Was dem Bürgermeisterkandidaten der konservativen Opposition fehlt, ist Popularität. Das wird sich ändern.
Freitag, drei Tage vor der Wahl, kurz vor neun Uhr am Morgen; sein Auto wird von einem Lastwagen blockiert, von einem Fiat gerammt, Oswalds Fahrer mit einem Besenstiel niedergerungen und der Kandidat selbst in ein drittes Auto gezerrt. Jetzt steht die ganze Nation hinter ihm.

Jette in ihrer Zelle turnt für Oberarme, Schenkel, Hintern, für alles, was beim Hungern schlaff geworden. Am Bettpfosten hängt die lila Samthose. Die wird sie tragen. Sie zählt, einundzwanzig, zweiundzwanzig, dreiundzwanzig, hebt die gestreckten Beine im Liegen über den Kopf, hin und zurück. Noch ist sie ihre eigene Gefangene, jemand, der sich selbst nicht mehr berühren mag.

Zwei Spritzen in den Arm, zwei in das linke Bein, halb wach, im Kofferraum eines anderen Wagens, wieder umgeladen in den Kastenraum eines Transporters, dann in einen Kellerraum, gefesselt mit Handschellen, die Augen verbunden. Der Raum fünf Quadratmeter, eine Liege, ein Stuhl, ein Gartenklapptisch, rosa. Auf dem Klapptisch, die Titelseite einer Wahlbroschüre. Sein eigenes Photo, farbig. Lange hatte Oswald gebraucht, um mit seiner Frau gerade dieses Photo auszusuchen, auf dem er entschlossen, doch freundlich den Blick gegen die Bevölkerung richtet, auf dem die Tränensäcke leer, die Hängebacken vom Lächeln gestrafft. Verantwortungsbewußt hatte er das Motto gewählt: »Berliner leben gefährlich«.
Die Kollegen von der anderen Partei hatten gelästert.
– Der Oswald muß sich offenbar nachts in seiner Wohnung ängstigen. Ein guter Witz. Da schäumt das Bier vorm Mund.

Jette spiegelt sich im Deckel der Pflaumenmusdose. Noch kommt der blonde Haaransatz nicht durch.
– Was hast denn du für eine Karnevalsperücke, werden sie sagen, auf deutsch erst, dann auf arabisch. Egal.
Auf die Ferne fällt schwarzes Haar weniger auf. Auch auf der Bühne.

Man hängt ihm das Pappschild an zwei Wäscheleinenresten gerade um den Hals. »Peter Oswald, Gefangener der Bewegung 2. Juni.« Man macht ein Polaroid. Das Photo vermehrt sich in Windeseile, wird farbige Titelseite mehrerer Gazetten. Schwarzweiß, weniger breit, läuft es durch die Tageszeitungen. Der Photograph wäre ein gemachter Mann gewesen.

Jette zieht die Samthose über. Sie sitzt hauteng in der Hüfte. Jette ist zufrieden. Niemand widerspricht. Da geht die Tür auf.

– Frau Kindermann, sagt ein Mann in Zivil höflich.

– Kommen Sie bitte mit. Er legt ihr Handschellen an.

– Hier haben eiskalte Profis gearbeitet, sagt der Oberstaatsanwalt. Keiner der Inhaftierten, für die Freilassung gefordert wird, ist wegen Mordes angeklagt oder verurteilt. Das kann er gerade noch vor der Öffentlichkeit vertreten. Unter der Klarsichtfolie schaut ihn ein verängstigter Oswald zwischen zwei großen traurigen Ohren an.

– Als hätte er es . . ., murmelt der Oberstaatsanwalt und ruft seinen liebsten Mitarbeiter.

In Bonn arbeitet der Große Krisenstab kleinlaut.

Durch die unterirdischen Straßen des Flughafenkomplexes Frankfurt wird Pastor Albertz an Maschinenpistolen vorbei in einen Raum geführt, in dem die Gefangenen warten. Auf dem Tisch steht ein Transistorradio. Sie lassen ihn mit den Gefangenen und den Wanzen allein. Jette entschuldigt sich, als ihre Genossen, bevor ein erstes Wort gefallen, rüde ihn nach Waffen durchsuchen.

Rom, Tripolis, eine Botschaft ans libysche Volk, dann Addis Abeba. Das Reiseziel bleibt verschlüsselt. Schließlich Aden, Südjemen. Nach seiner Rückkehr sagt Pastor Albertz im Fernsehen das Losungswort. So ein Tag, so wunderschön wie heute.

Eine Autotür öffnet sich am Lietzenseepark. Man steckt Oswald zwei Groschen in die Tasche, damit er seine Familie anrufen kann. Man nickt sich kurz zu, man verschwindet im Dunkeln.

Man hat sich verstanden?

22. Dezember, Mittwoch

Am 13. März geht der Winter endgültig aus dem Land.

Und Katia damals? Katia saß in jenen Tagen nicht mehr auf dem Schoß, aber sie saß immer noch vor dem Fernseher. Die Jahre waren gekommen und gegangen. Nichts hatten sie gebracht. Außer, daß sie aufholte. Sie war nur noch halb so alt wie Jette. Trau keinem über dreißig. Die kann man vergessen. Sie hatte Jette vergessen, fast. Fast vorsätzlich.
Jeder trägt einen Friedhof in sich, den er nicht betritt.
– Dies Leben, Jette, so ganz anders als meines, nur, weil fünfzehn Jahre dazwischenliegen? Jetzt konnte Katia dergleichen denken. Sie war jung in Wallerfang.
– Was willst du eigentlich werden, fragte die Mutter unvermittelt, als sie ihrer Pubertät einen Pickel ausdrückte.
– Au, antwortete Katia kurz. Die Frage geriet wegen des Blutes, das unverhältnismäßig floß, in Vergessenheit. Abends, als die Glocken den Tag ausläuteten, Katia sich am Klavier quälte in der vierten Woche mit den Inventionen von Bach, stellte sie sich die Frage, verhakt zwischen zwei Fingersätzen, selbst.
– Es kommt darauf an, murmelte sie. Etwas Genaueres fiel ihr nicht ein.
– Es kommt darauf an, und meistens bemerkt man nicht, wenn es darauf ankommt. Sie schlug den Klavierdeckel zu. Aus dem glänzend schwarzen Holz schaute ihr ein unentschiedenes weiches Madonnengesicht entgegen. Katia bog nachdenklich an der schiefen Nase. Sie fand ihr Gesicht langweilig.

22. Dezember

Der Tod, kein Schmerz, nein, nur Kälte und Stille, soweit der Raum reicht. Und Nebel. Wo kommt denn dieser Nebel her?

Noch ist es nicht soweit.
– Sei still, herrschte Katia die Mutter an und spielte weiter mit der Zahnspange im Mund, rauf, runter. Jette nahm die letzten drei Stufen die Gangway hinauf, drehte sich um, zögernd. Dann winkte sie. Katia winkte zurück. Die Mutter tippte sich an die Stirn, hangelte mit dem großen Zeh nach dem unteren Knopf am Bildschirm und drückte. Aus. Katia nahm die Zahnspange aus dem Mund, um bei einem wichtigen Satz nicht zu sabbern. Sie freue sich, sagte sie, sie freue sich, wenn Jette wiederkomme.

22. Dezember

Die Knarre löst die Starre.

Katia ruft Kindermann an. Der Hamster hustet. Das ist eine Ausrede. Der Hamster hustet Verlorenheit. Sie hat Angst, was sie nicht weiß, hat Angst vor dem, was sie nicht weiß. Und Jette ist eine schlechte Begleiterin, Beraterin an diesen Tagen, macht nur Kummer.

– Hast du eigentlich keinen Freund? Kindermann läßt das Bohren nicht, bevor er sich kein Bild gemacht hat, das er unermüdlich mit neuen Irrtümern übermalt.
– Katia? Sie hat sich stieren Blicks hinter sich zurückgezogen. Doch die Frage hat sie gehört, sich selbst bisweilen gestellt, in trostlosen Nachmittagsstunden zwischen drei und fünf.
– Liebe am Nachmittag, seufzt sie. Hat gesehen, wie ein halbnackter Mann eine weiße Gardine vor das Sonnenlicht zieht, sich zu ihr umdreht. Leider aber stehen die meisten Männer im Flur, bleiben dort auch stehen.
– Es kam immer etwas dazwischen in letzter Zeit, Katia legt ein Kissen auf ihren Schoß. Es kam immer etwas dazwischen, ein Anruf, eine brennende Idee, die sie aufschreiben wollte,

ungewaschene Haare, die sie niemandem zumuten konnte, ein verchromter Kleiderständer, der dringend gerichtet werden mußte, während im Regen jemand vor dem Kino sich erkältete. Stunden später im Flur, die Hände in den Jackentaschen, wedelt Katia vor Kindermann herum, als wolle sie auffliegen.

– Ich kenne jemanden in Paris, fällt ihr rettend eine angebrochene Liebschaft ein, die sich zum fernen Freund stilisieren läßt.

– In Paris kenn ich auch jemanden, sagt Kindermann.

23. Dezember, Donnerstag

Die Hand zum Schlag erhoben sagt wieder »Hilf«. Schreibt. Sagt »Komm« und »Bleib«.

Als Kindermann und Katia sich verabschieden, wissen beide nicht, daß es für länger ist. Er flieht in den Winter, fliegt nach Portugal, mit Schreibmaschine und Angst vor Fischvergiftung.

23. Dezember

Eine Utopie auf der Landkarte; das Land, wo Milch und Honig fließen, Palästina.

Im Schatten von Kindermanns Hut zeigt Jette freundlich die Zähne. Sie ist siebzehn. Eine kleine radikale Provinzminderheit pinkelt nächtens zum Ausgang der fünfziger Jahre in den Schornstein auf Kindermanns Elternhaus. Im Hintergrund weint – was sonst – ein Saxophon. Die Gefühle sind groß und echt, anders läßt es sich nicht sagen. Ein blondes Mädchen hält stehend beim Pinkeln mit. Jette will Kindermann imponieren. Fünfzehn Jahre später steht sie allein vor dem lispelnden Scheidungsrichter, statt Trauzeugen zwei Maschinenpistolen im Rücken. Kindermann irrt mit einem geliehenen

Auto in der Stadt umher, findet den Weg zu Strafanstalt und Scheidungstermin erst, als alles zu spät. Vorbei.

Auf dem Mittelstreifen der Autobahn fragt Jacob, ob er aufpassen müsse. Es sei eh zu spät, sagt Jette, zieht den roten Rock hoch. Ein Licht streift Jacobs glückliches Vatergesicht. Weiter. Geh.

Auf dem Sofa im Berliner Zimmer geben sie alles. Der schwarze Gitarrist, der sein Instrument mit den Zähnen zwingt, dabei die Hose fallen läßt, um seine Erregung zu zeigen, sieht kaum hin. Als Neumann zu stöhnen beginnt, schließt er mutlos die roten Augen, öffnet leise den Mund und schläft weg, derweil Jette und Neumann sprungfederleicht abheben. Gleich.

Von den Roten Bergen kommt er, obwohl Jette ihn dort nicht traf, auf den Ausflügen Verwahrlosung. Philipp ist auf der roten Insel geboren, graues Berlin zwischen S-Bahn-Gleisen und zwei Brücken. Dort gehen Küchen- und Klolampen morgens um sechs Uhr an, schlagen die Türen eine Viertelstunde später, füllen sich die Busse.
Die Betten, längst kalt.
Philipp sagt, wo das Leben langgeht, und Jette, wo es langgehen müßte. Eine Verschwörung, bis daß der Tod ...
Am Ende noch nicht angekommen mit dreißig Jahren.

Am Hinterkopf geschubst, immer links entlang von Kindermanns Bücherregal, von Jacob auf Händen getragen, am Hintern geschoben, am Rockzipfel gehalten von Neumann. Gefährlich wie im Zirkus auf einer Faust balanciert von Philipp, der niemanden fallen läßt.
Erziehung durch Erotik. Jette hört mit der Haut zu. Alle Männer hat sie ohne Abschied.
Verlassen.

23. Dezember 1982

Sie stirbt an ihren Folgen.

Jette ging mit gutem Grund. Katia verließ Berlin aus, vor allem für sie, unerfindlichen Gründen.
Noch mal: Jette hatte Grund zu gehen. Katia hatte keinen zu bleiben. Abschiede. Nach einer Zeit der Trennung sich wiedersehen und von Abschied sprechen. Sagen, über Gefühle kann ich nicht sprechen. Sagen, »Unser«, und »Vorbei« meinen. Sich umarmen wollen, wenn das noch ginge, hier der eine, der andere dort, tot.
Wieder allein sitzen, allein über Abschied reden. Der langen Straße keinen Weg mehr entgegenstarren. Über den See, über den Berg. Gleichgültigkeit schüttend. Wasser im Gesicht, doch die Seele im Trockenen?
Veränderliche Merkmale.

Bleibtreustraße 18, 1982, Ende Dezember. Katia läßt den Schlüssel bei der Hauswartsfrau, die auch den fiebernden Hamster zu sich nimmt.
Sieben Jahre später fällt es ihr wieder ein.

3

Ein Hund sitzt auf einer Schaukel in Lonsee. Lonsee liegt bei Wallerfang. Sieben Jahre später saß der Hund dort, die Schnauze grau, die Beine krummer. In diesem Winter blieb die Kälte aus. Die Dornen trugen im Dezember schmale Rosen.

Die Zunge zwang Katia vom Gaumen in den Unterkiefer, um zu ruhen im sanften Druck gegen die vorderen Zähne. Immer seltener sprach sie. Sie entspannte sich, um zu sein. Auch Jette. Um so schneller.

An einem Sonntagmorgen, der gegen halb zehn noch in Regen und Dunkelheit versank, stieg sie in Wallerfang aus dem Vorortzug, ging die Bahngleise bis zur efeuverwachsenen Klavierfabrik entlang, bog um die Ecke und wurde mitten ins Gesicht getroffen. Glocken schlugen zweistimmig an, ein flaches Sonnenlicht griff die Luft in mehreren Schichten. Jeder ihrer Schritte stieß gegen einen Widerstand, einen angenehmen, gleich der ersten Berührung mit einem Fremden, dessen Augen sie nur suchte, bislang. Noch wehrte sich Katia gegen alle Worte, die da folgen mußten. Erlösung heißt, sich erinnern können.

Frische Bettwäsche. Die Versuchung war groß, Versuchung, sieben Jahre zu verraten und »daheim« zu sagen. In der Nacht träumte sie von einem Land, aus dem es keine Rückkehr gab, wo sie verbrannte, ohne Feuer zu spüren, wo das Herz durchschlagen wurde, ohne daß sie einen Schuß gehört hätte. Jeder Schritt mochte Grenzüberschreitung sein. Eine Stimme streifte ihr Ohr: »Die Gewalt, die ihr diesem Land antut, wird über euch kommen.«

Rue de Verdun, Avenue Bliss, Rue Madame Curie, Rue Jeanne d'Arc. Das Holiday Inn in Beirut hat aus Fensterhöhlen auf die Wellblechhütten zu seinen Füßen gestarrt. Katia hat es aus dem neunzehnten Stock genau gesehen. Sie hat die Straße überquert, einem Mann ein Zeichen gegeben, der daraufhin seinen Fuß zurückzog, hat einen Augenblick gezögert und nicht hochgeschaut. Am Scheitel das dunkle Haar hat »blond blond« geschrien. Katia hat ewige Flure durchlaufen, ohne einen Aufzug nach unten zu finden.
Einige Straßen weiter hat jemand einen mit Sprengstoff bepackten blauen VW-Käfer gezündet. Als der gepanzerte Chevrolet vorbeigefahren, sind sie beide, Stange an Stange, in die Luft geflogen. Und der rote Prinz direkt in die Hölle. Katia drückte sich gegen die Wand, die lag weich und waagerecht hinter ihr.

... daß sie sie gefragt haben nach Jette, daß sie ihr die Finger gebrochen haben, daß sie sie barfuß über Glasscherben haben laufen lassen, nein, daß sie nicht, nicht ihre Fußsohlen schlagen, bis Nerven und Fleisch bloßliegen. Sie hat geweint »Jette Jette warum hast du mich verlassen«. Daß die anderen dies als Hinweis auf Streit und Trennung gedeutet haben und die Richtung wissen wollten, die Jette daraufhin einschlug.
Erhöre.

Die Mutter stellte eine Tasse Kaffee, eine Schale mit braunem Zucker neben das Bett. Sieben Jahre.

– Meine Tochter hat das Abitur mit eins-drei bestanden, erzählt Katias Mutter beim Bäcker, bei der Ballettlehrerin, beim Apotheker, der das Geschäft von Jettes Vater übernommen hat.
– Dann passen Sie auf, daß sie keine Terroristin wird, meint der junge Apotheker zwischen Tinkturschrank und Holztresen.

Von dort, wo seine Haare sich lichten, ergießt sich eine rosa Woge über sein Gesicht. Rasch steckt er eine Handvoll Pröbchen zum Hustensaft, um die Augen senken zu können.
– Wann kommt sie denn zu Besuch, fragt er.
– Weihnachten kommt Katia nach Wallerfang, sagt die Mutter. Sie stellt sich auf die Waage.

Sieben Jahre später, gleichen Gewichts, gepflegt und nur um die Augen, an der rechten Schläfe müder geworden, sagte sie den Satz wieder zu dem Apotheker mit der Glatze. Der bedauerte, heute keine Pröbchen zu haben.

Die Jahre haben nichts geändert. Die Frau floh in die Wüste. Von dort kommt nie einer zurück.
Es gibt Lücken und Zahnlücken.

... daß Jette sterbend neben ihr zusammengesunken ist, das Herz von hinten zerfetzt, und sie, danebenkniend, ihren Kopf gehalten hat, bis auch der durchlöchert. Daß sie aufgesprungen, in ein anderes Land, ein altes Haus geflohen ist. Dreh dich nicht um.
Das Dach, geborsten mit doppelter Wucht gefallen, hat alle Hoffnung zerschlagen. Da, wo es begann, endete es, in einem fremden Land. Sie murmeln, erhöre uns.

Der Morgen in vertrauter Umgebung, über die Zeit ging, brachte, was gewesen, auf manchen Punkt. Sieben Jahre, in denen Katia nichts gemacht, aber etwas gehabt hatte, Liebschaften vor allem.
Zwei Schriftsteller, ein junger und ein älterer, ein Kneipenwirt, zwei Architekten gleichzeitig – eine anstrengende Zeit –, ein Maler, ein Schuster, ein Analytiker kurz nur, der Leiter eines europäischen Kulturfestivals und ein Buchhändler, der ihr Freund, ihr ständiger Begleiter blieb. Sie verließ

Paris, begann mal dieses, mal jenes Studium wegen des Stipendiums, das sie nicht loswurde, arbeitete bei einem neuen Radio für magere Zeiten, in denen sie nicht zum Essen ausgeführt wurde. Einer im »Florian« sprach von Hochzeit, ein anderer im »Exil« von gemeinsamer Flucht nach Beirut. Das erste Angebot erledigte sich nach wenigen Wochen, in gegenseitigem Unverständnis. Das zweite blieb. Ein Versprechen schwelte im Raum, wenn sie ihn wiedersah, den jüngeren Schriftsteller, der nicht mit ihr leben, doch mit ihr sterben wollte aus Gründen der literarischen Verwertbarkeit. Ja, nichts wäre leichter, als gemeinsam nach Beirut zu fliegen, Hand in Hand Tage in den Straßen zu verlaufen, um am siebten nach unruhiger Liebesnacht ins Schußfeld vor einer Moschee zu geraten, stehend sich zu umarmen, zu warten, bis beide Herzen im sauberen Durchschuß sich vereinten. Verzweifelte Lautsprecherstimmen auf dem Minarett, sie glaubten nicht für sie. Solange dies sich weigerte zu geschehen, schlugen sie sich.
Sieben Jahre, die in wenigen Sätzen Platz fanden. Katia wußte, daß etwas nicht stimmte. Von Paris zurück nach Berlin, von Berlin, nein, nicht zurück nach Wallerfang. Sie machte halt hier, holte ein versäumtes Weihnachten nach, suchte, noch im Liegen, in den Seitenfächern ihrer Reisetasche nach einer Kladde. Es sollte Spaß machen. Doch diese Tasche hatte keine Seitenfächer. Wie hoffnungslos die Kluft zwischen Wissen und Können zu schweigen auch vorgab, sie hinderte Katia nicht, die Beine mit einem Schwung hineinzuwerfen, in die Hausschuhe des Vaters zu treten, der Mutter am Herd beim weihnachtlichen Vorkochen, nein, nicht zu helfen, doch Gesellschaft zu leisten.
Die Kaffeetasse ließ sie neben dem Bett stehen.

Doch zufrieden sein, daß man zufrieden ist.

Unbeobachtet prüfte Katia ihr Gewicht, darauf ihre rote Nase im Spiegel über der Waage. Die Ränder um die Augen schlossen sich jetzt bis in die äußeren Winkel, ließen sich länger nicht mit Schlaf und Frischluft vertreiben. Am Hals drei Jahresringe. Sie logen über das Alter des Baumes, der sich ständig verpflanzte, hinweg.
– Guten Tag, Fräulein, Frau. Pause. Bevor der Apotheker sich rosig aus der Verlegenheit winden konnte, verlangte Katia ein Grippepulver. Er schob zwei gleichgrüne, gleichgroße Schachteln zur Auswahl über den Ladentisch. Ein Greis mit heftigem weißem Haarwuchs stieß mit dem Stock die Außentür auf, rückte die Fußmatte zurecht, nahm Hut und Brille ab, zog Lederhandschuhe aus, warf, ganz zu Hause, alles auf den roten Plastikstuhl mit Schreibplatte in Bauchhöhe, schob sich hinter den Ladentisch, wischte mit dem Mittelfinger über die Holzleisten in Augenhöhe, zog die untersten Schlösser auf und die Mundwinkel hinunter, befühlte Pastillen ob ihrer frischen Weichheit, schaute schließlich, als bemerke er sie jetzt erst, die beiden Menschen an, die ihn grüßen wollten.
– Guten Tag. Der Apotheker richtete seine Brille auf dem glänzenden Nasenrücken.
Katia hielt kurz die Luft an. Mit dem Ausatmen sagte auch sie Guten Tag.
Er musterte, bevor er lächelte, ließ die Hände, die Untätigen im Tatendrang, sinken. Katia kühlte aus, von den Mundwinkeln, die sich nicht hoben, über die Schultern, die automatisch dies taten, bis zu den Füßen, von denen keiner das Gewicht wollte.
– Die Katia, sagte er, als meine er eine andere, und hob die Hand, bleich, altersfleckig, feingliedrig, von einem Adernetz durchzogen.
– Du bist aber, er stockte.
– ... älter geworden, vervollständigte Katia seinen Satz und hielt seine Hand wider Willen warm.

Nichts hat sich verändert, nur etwas wird sichtbar. Ruchbar.

– Was machst du?
– Nichts.
– Aus Jette ist auch nichts geworden.
Ein Plätschern, als pinkle jemand auf dem Dach in den Kamin, auf Feuer, das zischt, sich duckt und doch weiterbrennt.
Der Apotheker öffnete die Tür einen Spalt. Stimmen von der Straße brachen das Schweigen.
– Wenn Sie länger bleiben, fragte Jettes Vater und fragte auch, ob er »du« sagen dürfe, solle sie doch zu Besuch kommen. Seine Frau würde sich freuen, nach so langer Zeit.
Nichts wird so schmerzlich erinnert, wie es gelebt wird.
Katia versprach, noch vor Weihnachten zum Tee zu kommen.

Der bloße Gedanke ist nicht strafbar, aber dennoch Sünde. Habe gesündigt in Gedanken, Worten, Werken. Ein Mensch, ist er identisch mit seiner Schuld?

Ein-il-Hiuwe war ein Flüchtlingslager am Stadtrand von Sidon. Katia schob die Hände in die Jackenärmel. Wen sie erkannte, grüßte sie, blieb aber nicht stehen. Die Baracken waren seit langem abgerissen. Hügel, nicht rot, rostig, winterzerfressen, an die kahle Sträucher sich klammerten, hatten vergessen, was sie einmal waren: ein verbotenes und ein gelobtes Land. Müll, Haushaltsplunder, Plastik und Metall in einer Schmutzfarbe zusammengeschmolzen, eine rote Bluse mit aufgerissener Brust, Martiniflaschen, ein Sonnenschirm, dessen Rippen starr, todesverrenkt die Luft stachen. Ein-il-Hiuwe war eine Barackensiedlung am Rande von Sidon, und der Geruch von verbrannten Autoreifen überall gleich.

Hat sie keine Phantasie, ist ihr Sterben wenig, hat sie welche, ist Sterben zu viel.

Katia stieg mühelos auf den höchsten der Roten Berge. Jette Kindermann hatte ein Haus betreten, einen Unterschlupf der PLO. Der Pressesprecher der Bundesanwaltschaft hat gesagt, niemand habe den Angriff überlebt. Oben angekommen, hielt Katia Ausschau, spielte das alte Spiel: aus den Augäpfeln Wünsche pressen. Sie drückte die Fäuste gegen die geschlossenen Lider.
Keine Jette kam durch den Notausgang, den Katia mit Wünschen offenhielt. Ein-il-Hiuwe lag schon am Stadtrand von Sidon, als nach dem ersten Toten in Berlin der Sechs-Tage-Krieg ausbrach.
In jenem Jahr sahen die Studenten wie Chinesen aus.
Zwischen der Straße und den Roten Bergen drückten sich noch immer verschämt Gärten, die für die Schrebersiedlung nicht fein genug. Katia setzte mit Schwung über ein Gartentor, trat auf frierendes Gemüse, die Erde, weich, schmatzte unter ihren Schritten.
In einem Schuppen, dem die Tür offenstand, setzte sie sich an den Tisch, im Kreis von fünf leeren Stühlen.
Mit einem Handschlag, flach ins eigene Gesicht, eröffnete sie die Runde, befragte die Geister, die sie rief. Der erste, mit dem alles anfing, Rudi, hatte seine Abwesenheit entschuldigt, gesagt, er sei vor zehn Jahren in der Badewanne ertrunken.
– Aber die anderen, überspielte Katia Verlegenheit laut, doch zog sofort den Kopf ein. Im Türrahmen schwieg eine männliche Silhouette, Kopftuch, beharrlich, bis sie ebenfalls den Kopf einzog, um ihn sich beim Eintreten nicht zu stoßen.
– Sahal Khalaf. Was Katia für einen Gruß hielt, war der Name des Mannes. Muslimbruderschaft, Kommandokurs

bei der ägyptischen Armee, Lehrer an einer Mädchenschule in Gaza, Poet und Denker.

– Aber Ein-il-Hiuwe liegt woanders, widersprach Katia.

Der Mann nickte wohlwollend, strich mit der Hand über die unrasierten Wangen, daß es Katia fror, knöpfte die feldgrüne Jacke auf, warf die Zipfel seines schwarzweißen Kopftuches wie lästiges Haar über die Schulter, legte Maschinenpistole und Füße auf den Tisch, zündete eine Zigarette an.

Wenn alle Arbeit getan ist, bleib nicht zu lang allein.

Was mit ihm reden, ihn kannte sie nicht. Als sie den Mund öffnete, einen Einwand gegen das peinliche Schweigen zu wagen, hielt sie im ersten Laut, bevor er laut wurde, inne, schnappte nach Luft, wußte, ja wußte, sie sah wie ein Karpfen aus. Doch wohin mit der Zahnspange, die in entscheidenden Situationen sich immer dazwischenschob, zwischen Ober- und Unterkiefer, es Katia verdarb, sich klar und vor allen Dingen trocken auszudrücken.

Kindermann und Neumann kamen untergehakt, bemerkten nicht, daß sie nicht allein waren hier. Kindermann schwärmte vom Boule-Spielen, als gäbe es nichts Wichtigeres weltweit, holte eine kleine gelbe Kugel aus der Tasche, die er in der hohlen Hand kreiseln ließ.

Philipp am geöffneten Fenster sprach den Araber auf englisch an. Alle horchten auf, weil sie auch englisch konnten.

– Ich weiß es nicht, antwortete der Araber auf deutsch, erklärte, er habe in Stuttgart studiert.

– Dann können wir ja anfangen, wenn nicht noch ein paar Rocker dazukommen, sagte Neumann, legte die Hände auf den Tisch.

– Ich weiß es nicht, versicherte der Araber noch mal. Alle wußten, was er nicht wußte.

Acht Handrücken blickten zur Decke, erwartungsvoll. Katia trat versehentlich gegen das Tischbein, als Kindermann die gelbe Kugel in Umlauf setzte.

– Was machst du eigentlich hier, fragte er barsch gegen die Gastgeberin, der man eigentlich nicht vorwerfen kann, daß sie störe.
– Ich schaue zu, sagte Katia und machte sich klein.
Daß alle Aufmerksamkeit jetzt auf sie gerichtet, nutzte Jacob, um sich auf den letzten freien Stuhl zu schleichen.
– Ach ja, sagte Kindermann und fügte hinzu, daß sie ihn fast vergessen hätten. Jacob entschuldigte sich dafür. Er war als einziger so alt, wie er jetzt sein mußte, fast fünfzig. Für die Hände, die er auf den Tisch legte, schämte er sich sichtlich. Philipp und der Araber nickten ihm aufmunternd zu. Da rückte er seine Hände auf die gleiche Höhe mit den anderen.
– Das Spiel läuft, sagte Kindermann.
Die Kugel rollte träge zu Kindermann, er hielt sie fest, was nicht galt, und gab sie wieder frei. Sie schlingerte zu Neumann, der sie spitz hin- und hertickte, bis sie genug Schwung hatte, um allein in die Richtung, die er wollte, zu laufen. Außerdem mußte Neumann aufs Klo. Als er zurückkam, massierte Philipp die Kugel unter seiner linken Hand, nahm sie fort und hin, ließ sie wieder frei. Glänzender als zuvor, makellos und strahlend war sie auf einer Rille unterwegs, in die sie immer wieder geriet. An Jacob rollte sie vorbei, freundlich, doch ohne Zögern, nahm seinen zärtlichen Blick als Ansporn, um hastiger zu hüpfen, über Hindernisse hinweg, immer schneller unter den erstaunten Blicken aller Männer, die nicht wußten, woher sie die Energie nahm. Die Blicke, vielleicht war es das? Dann, auf einer geraden Linie, die keiner wollte, fiel sie vom Tisch, dem Araber in den Schoß. Der stöhnte auf.
– Ich weiß nicht, sagte er, sich entschuldigend.
Mit einem zweiten Schlag ins Gesicht verscheuchte Katia alle Geister, die sie rief. Die Kugel glaubte sie in ihrer Tasche, doch vermied, es nachzuprüfen.

Tage, die den Geschmack von Warten haben, obgleich nichts geschehen soll, und die sich dadurch entziehen.

Schwarze Erde saugte sich an den Sohlen fest. Später, mitten im Autolärm, stieß Katia die Schuhe in dürres Gras am Parkstreifen, lange noch. Sie käme unangemeldet, als hätten Jettes Eltern kein Telefon. Der Weg zum Winterberg war noch immer eine halbe Stunde lang. Katia, Füße wie ein Bauer, Wangen wie seine Frau, auf dem Herzen Streu und Schießpulver, schwarz und giftig, und durch welch herausforderndes Lächeln auch immer entzündbar, stieg an.
– Ich weiß. Katia zählte ihre Schritte immer bis zehn.

Was will sie denn? Über alles, was schlecht, es besser machen als die anderen?

Was sollte sie tun? Es lassen, gar bleiben. Aufstehen und gehen. An Ecken warten, mit hängenden Armen, als halte sie Ausschau nach einem Hund, der längst entlaufen, einen getrockneten Rest Wallerfang zwischen den Pfoten, der manchmal stach? Wallerfang, Regenkuhle für eine Handvoll mehr blanker Häuser. Zur Hälfte des Berges legte sich Nebel über die Sicht. Ein Gedanke schoß quer. Katia griff in die Geschichte ein. Nicht die Palästinenser sollten weichen, sondern die Hunnen. Ganz Karlsruhe und alle anderen Städte mit »K« erklärte sie zum Kibbuz. Warum? Darum.
Damit nicht länger arabische Kinder von Spielzeugautos zerrissen werden, die, Geschenke des Himmels aus israelischen Flugzeugen gefallen, in der Hand explodierten.
Katia hatte längst die Roten Berge hinter sich, über die noch immer keine Makkabäer kamen, um auch gegen sie zu kämpfen. Das machte sie waghalsig. Phantasien schossen ins schlappe Kraut, ließen einen süßen warmen Wind von Hebron herwehen. Thymian überall und Männer mit dunklen

Gesichtern, die unbemerkt hinter den paarweise behüteten Köpfen der Wallerfanger Winterleichen auftauchten. Die fremden Männer beobachteten sie, sechzehn, unberührt, einen Walkman auf dem Kopf und eine Handgranate unter den Kleidern. Die Schnur hing wie ein Zipfel Reizwäsche aus dem tiefgeschnittenen V zwischen den Brüsten. Kein Mißtrauen, aber erregt. Die israelischen Soldaten schauten hinter ihr her, als sie im Sterben um einen Augenaufschlag ihnen voraus mit ihnen in die Luft flog. Der Walkman sang »For Bird – in Love«. Jette hatte deutsche Schlager geliebt.
Nimm das Flugzeug. Ja.
Wie weit doch die Berge daheim von diesen Höhen entfernt. Weit. Weit.

Die kalte Luft blies Katias Wangen rot auf, straffte die Haut um die Augen. Sie zog den Schal vor den Mund, versteckte die verräterische Entgleisung im Gesicht, tastete sich Wort um Wort tiefer hinein in die Hochstimmung, in den Ernstfall.
– Nie, Jette, haben wir über die Angst gesprochen. Hast du Angst gehabt?
Katia fuhr mit der Hand einen Kreis über Wangen und Ohr. Sie griff unters Kinn.
– Jette? Nicht? Vor mir brauchst du die Unerschrockene nicht hervorzukehren.
Ein Lächeln stieg über den Schalrand in die Augen. Auf der Hälfte des Lebens plötzlich, dieser Wunsch, alles, was danach, möge wie der erste Schritt am Neujahrsmorgen sein, auf dünnem Schnee, der den einen Vorsatz trägt: nichts länger vergeuden. Katias Blick stieß durch die Kälte auf Jettes Augen, graublau die Winterluft.
– Was sagst du? Ein Gedicht auf? Während du schaust, ob die Pistole sitzt, die Luft rein, alles wie geplant? Du betrittst die Aktion wie einen Scheinwerferkegel, läßt im geschlossenen Kreis die Angst hinter dir, sagst deinen Text laut, leise

jenes andere Gebet? Und die Todesangst, nichts weiter als Lampenfieber vor diesem immer wieder ersten und vielleicht letzten Auftritt?

Sie prüfte mißtrauisch die Gesprächspartnerin, fuhr ihr über die Nase, zweimal, betrachtete die Fingerkuppe, ob sie sich schwarz verfärbte. Lügen sieht man an der Nase, spitz, an.

– Ihr, eine fahrende Theatergruppe mit dem schrill durch die Straßen rasselnden Namen »Guerilla«, ihr tut alles, um eure Zuschauer in Furcht zu versetzen, spielt mit eurem unmöglichen Leben und einem immer möglichen Tod, um sie aufgebracht, aufgewühlt aus euren Abenteuern wieder zu entlassen?

– Und es soll Spaß machen?

– Mit Blut sich die Brille putzen?

– Du hast dir die eine große Bühne ausgesucht. Katia blies anerkennend die Wangen auf, nickte mehrfach skeptisch, ließ mit einem leisen Lippenlaut die Luft entweichen.

Keine Antwort.

Ein Auto fuhr dicht an Katia heran, fragte nach einer Straße im Zentrum. Katia sagte, sie sei nicht von hier.

– Weiter. Wenn man getötet hat, Jette, gibt es dann keine weiteren Toten mehr? Doch der Platz neben Katia war leer.

– Trotzdem, oder anders gefragt; Fischer, wie tief ist das Wasser? Als gälten die alten Spiele noch, griff Katia die Jette aus der Ferne an. Am Horizont in Kopfhöhe der schmalen Silhouette, die den Winterberg hinaufflog, schlug ein blaues Meer zärtlich Wellen gegen eine weiße Kreuzfahrerburg. Sidon. Sieh da. Auf der geraden Linie zwischen Jette und ihr, in den Abstand hinein, der sich mit Jettes Eile vergrößerte, baute Katia ein schmales Haus, die Veranda aus Beton, mit rostigem Gerippe an den Ecken, wo Putz bröckelte. Im Mandarinenhain wendeten dottergelbe Hühner hungrig jedes Blatt. Die Mandarinen in diesem Jahr erinnerten sich nicht mehr an die israelische Granate, die im letzten Herbst das Haus in

zwei Teile gerissen hatte. Katia pferchte die Bilder zusammen. Was sie gesehen und gelesen, mogelte sie unter eine andere Sonne, gleißender, zwischen fremd hellen Breitengraden. Sidon lag bei Beirut wie Ostia bei Rom. Verwahrlosung knirschte mit Sand zwischen den Zähnen. Dann lag Ostia bei Beirut. Der Tod kam im November. Dem Spiel die Karten legend, ihre Karten, wurde die Fläche, die sie vor sich auswarf, zur trittfesten Passage durch fremdes Moor, fremde Wüste. Von dort kehrt keiner zurück. Egal. Hier wie dort dösten jene dürren verdreckten Strände, nach denen die Industriearme der Großstadt hangelten, Strände, an die man in schlecht gefederten Bussen hinfuhr, um von einem Stück Pappe, von einer ausgebreiteten Zeitung aus, zwischen sich und den ölig harten Sand geschoben, auf das Grauen des Meeres zu starren. Und wirklich den Tod zu verstehen. Unter der Sonne bleichte die Haut.
Wellblechhütten, ausgebaut, aufgestockt, an die nächste gedrängt, dazu ein Stück Mauerwerk stolz auf Beständigkeit gen Osten zur Schau gestellt. In ihren Vorgärten flatterte Wäsche, vierfach auf die Leine geklemmt. Zwei Jungen quälten ein Motorrad durch die Mittagshitze. Der auf dem Rücksitz fletschte Steine auf alles, was sich am Straßenrand bewegte, auf Katzen, Verkehrsschilder, zankende Kinder. Niemanden anschauen, um nicht gesehen zu werden. Sidon lag bei Beirut, Ostia bei Rom.

Halblaut Geschriebenes.

Die Trennwand zwischen dem, was war und was nicht, dünnte aus.
– Ich liebe das Leben.
Katia griff in die kalte Luft vor sich, griff nach einem Schopf ins Leere. Jette drehte sich nicht um.
– Sterben ja, aber nicht umsonst.

Katia machte den zweiten Anlauf in Jettes Richtung, zog ihr Schrittempo an. Statt zu philosophieren, sollte sie vielleicht »Hallo« rufen? Zu Jettes Umriß hatte sich eine zweite Silhouette gesellt, Schulter an Schulter gingen sie leicht aneinandergelehnt. Eines der stabilsten Verhältnisse der Welt. Zwei Radfahrer, allmorgendlich trafen sie sich in der breiten Kurve zur Kirche, fuhren weiter, Lenker an Lenker. Weiterschlafen. Eines Morgens, der tödliche Sturz, der ältere von beiden hatte sich eine unwesentliche Sekunde verspätet.
Lebensversicherung.
Der Weg zum Winterberg war immer eine halbe Stunde lang gewesen. Katia überholte die beiden Silhouetten, drehte sich um.

Sätze, aus denen man nicht mehr zurückkehrt.

Aber Kleist, sagte Kindermann, Kleist fand und schrieb nur solche Sätze von hinter der Wand.
– Aber Kleist, behauptete Jette, Kleist saß immer schon auf der anderen Seite der Wand, saß lebenslänglich auf der anderen Seite des Lebens.
– Dort mag ich nicht sein. Jette verschränkte die Arme vor der Brust.
– Aber die Sprache bedarf der schönsten Anstrengung wie die Liebe. Kindermann hatte seinen Gedanken nachgejagt und Jette neben sich vergessen.
– ... und wer recht von Herzen liebt, mag schon das eine für das andere greifen, murmelte sie, die selten, vielleicht nur dies auswendig wußte.
Fingerspitz fuhr sie die blauen Adern an seiner linken Hand armaufwärts.
Erst jetzt sah Katia, daß sie Sommerkleidung trug. Dreh dich nicht um. Salz sammelt sich in den Adern.

Jettes Eltern bauen, als die Kinder in alle Winde zerstreut, ein flaches Haus direkt neben dem höchsten Punkt der Stadt.
Nicht. Nicht den Fuß in den Türrahmen stellen.
Gleich nach Jettes erster Verhaftung beginnt dort der Belagerungszustand. Journalisten vor dem Haus, in der Apotheke, bei den Klassenkameraden, dem Lehrer. Kindermanns Eltern verweigern jede Aussage, schlagen die Tür so heftig zu, daß eine bunte Glasscheibe im Guckfenster zerspringt. Andere geben eitel und bereitwillig Auskunft. Was sie nicht mehr oder noch nie wußten, frischen Vermutungen auf. Das erste, was Jettes Mutter wahrnimmt, ist der Fuß in der Tür. Blitzlicht schießt sich den Weg frei, hinter ihm, im Feuerschutz, läuft eine Gruppe schlecht riechender Männer. Der Anführer, Halbglatze und Alkoholfahne, hält der Frau das Diktiergerät vor die Nase. Da sie nicht gleich aussagt, drängt er sie rücklings in die Stube, scharf über die Teppichkante. Sie stolpert in einen Sessel, sieht schräg zu ihm auf, hört, daß es um ihre Tochter geht. Ein ganz großes Ding würden sie daraus machen. Ob sie Photos habe, Tagebücher, Briefe. Jettes Mutter, die gehorsam gegen Befehlstöne und Journalisten immer mit Polizisten verwechselt, drückt sich aus dem Sessel hoch, verschwindet im Schlafzimmer, kehrt zurück mit einer blauen Hutschachtel, innen die Seide, gelb. Mehrere Hände gleichzeitig greifen nach Papierbündeln, Photos, Alben, nach einem kleinen schwarzen gepolsterten Tagebuch, verschließ- und abwaschbar. Tränentauglich. Geigen, Blumen, Mädchen in Tüll schweben zwischen goldgeschwungenen Namen. Bizet, Mozart, Grieg, Tschaikowsky.
»Meine liebe Jette.« Die Mutter schneuzt die Nase, als die Halbglatze laut einen zehn Jahre alten Brief vorliest. »Ich merke doch, daß ich nicht mehr jung bin. Behalte du aber die Ruhe und überlege. Denk auch über deine Zukunft nach, was nach der Geburt für ein Ziel der Ausbildung du hast. Du mußt auf dem Boden der Tatsachen stehen, weil wir wirklich

kein Geld und keine Zeit verschwenden können ...« Den Mund feucht und dicht am Diktiergerät, liest die Halbglatze weiter. Nur noch Jettes Mutter hört zu, obgleich sie den Kopf beiseite dreht, hofft, niemand sieht, wie Augen und Wangen brennen.

Katia kümmerte nicht, ob Jette mitkam. Sie bog in die Siedlung ein, federte übertrieben in den Knien, als sie die Steinplatten zum Haus 92b »In den Birken« hinuntersprang. Nicht. Nicht den Fuß in den Türrahmen stellen.

Manch zögernder Versuch war längst erloschen im Lächeln. Doch jetzt, jetzt schüttelte sie die Erinnerung, als stünde sie auf einer nervösen Fußmatte. Nichts war vorbei, wenn es der Gegenwart abhanden gekommen. Hausecken, Bushaltestellen, Imbißbude, Spielplatz, selbst die rostigen toten Straßenbahnschienen in der Hauptstraße warfen ihr in Rinnsalen Jettes Geschichte vor die Füße. Unumgänglich, sie mußte sich bücken. Das Bild von Jette, untauglich, sie hatte es mit sich herumgeschleppt. Das hatte die Wege oft mühselig gemacht, das Rasten immer dringlicher, bisweilen verwerflich. Katia hielt den Finger auf die Klingel, eilig, als sei sie von der Post.

Der Photograph arrangiert auf der gestickten Tischdecke ein Stilleben mit Kaffeetasse, Lesebrille, Kreuzworträtsel, umlagert den Rentneralltag mit Requisiten aus dem Vorleben der straffälligen Jette. Die Photos, schwarzweiß, ziert ein ausgezahnter Rahmen. Familientrostlosigkeiten bei erbarmungsloser Deckenbeleuchtung: Trockenblumen rieseln aus dem Glas an der Wand. Vater und Mutter verschanzen sich hinter einer Zierpflanze, die häßlich wie Katzengras. Zum festen Bestandteil der Vorhölle zählen vier Kinder und eine Jette, die von der Stuhlkante bröckelt. Es herrscht strenge protestanti-

sche Zucht. Über dem Türrahmen hängt ein Kreuz, von dem der Nackte abgefallen. An seiner Stelle harrt dort an manchen Sonntagen Jette, die Arme ratlos ausgebreitet, bereit zur Liebe, zum Verstehen, zum Sterben.
Die Halbglatze zieht einen festen gelben Rechnungszettel aus dem Papierberg hervor. »Schlaf mein Liebling, mein Herzchen, du wirst ein Held und ein kühner Kosake.« Auf der Rückseite einer Speiserechnung hat Jette die ersten Zeilen eines albanischen Liedes abgemalt, dann die Übersetzung notiert. Die Rechnung wirbt in einer Fußnote für Weinbrand: »Wieviel schöner ist das Leben, wenn wir einen Hammer heben.«

Eine Kette spannte sich im Türspalt, als habe Katia mit Sprengung gedroht.
– Die Katia, sagte eine brüchige Frauenstimme, erleichtert und unsicher. Herzeleid, das bei jedem Besuch nach Dämmerungseinbruch zusticht.

– Ein Autograph kommt immer gut an, sagt der Photograph und legt das albanische Schlaflied dem Arrangement bei.

Jettes Mutter, nein, keine Spur von Jette im Gesicht. Katia drückte ihre Hände, rechts, links, rechts, Faust. Wechselfälle. Trümmerwüste. Hinter dem Haus, wo Rohbauten zwischen Ruinen zerfielen, lagerte eine zersprengte Karawane, wohl, um in die Brunnen zu schauen, die längst außer Betrieb in Wallerfang. Kamele trinken nicht aus Wasserkränen. Sie zogen gen Morgen weiter. Jette in einer Sänfte summte, daß die Liebe ein seltsames Spiel sei.
Die Dielen knarrten über ihren Köpfen, rissen die beiden Frauen aus der ersten Enttäuschung. Jede suchte, um den Mund der anderen herum, ein Früher, einen Grund, eine Erklärung, die sich dort eingegraben hatte, unausgesprochen.

Bleib. Katia sah deutlich Jettes Gesicht hinter dem nachtblauen Schiebeglas in der Eingangstür. Es schaute ihr ins angedickte Gemüt, in die gefettete Seele, auf der Winterspeck lagerte. So Jettes Augen ausgeliefert, erschrak sie, wie mager ihre Träume geworden nach sieben fetten Jahren. Jettes Gesicht verschwand, ging nachdenklich, gelassen im dampfenden Atem ums Haus. Aus dem Wohnzimmer drangen die 17.00 Uhr-Nachrichten. Licht flimmerte abweisend. Wieder liefen Schritte über ihre Köpfe.
– Konrad, rief Jettes Mutter, um etwas zu sagen, um nicht zu schreien.

Existieren ist keine Kunst.

– Konrad. Jettes Mutter trennte die Silben durch einen vorwurfsvollen Balken auf der Stirn. Die Karawane zog weiter, durstig. Kindermann hatte sich auf einem Fahrrad angeschlossen. Katia knöpfte umständlich ihren Mantel auf.

Es gibt Lücken und Zahnlücken.

Etwas fehlt. Die Halbglatze sieht die Story in Fettbuchstaben, den eigenen Namen in einem augenfälligen Kästchen eingerahmt, gleich einem pointierten Zwischentitel. Er schreibt den prickelndsten Fortsetzungsroman, den sich das Blatt wünschen kann. An ihm ist ein Schriftsteller verlorengegangen, das weiß er jetzt, längst. In seinen Ohren wölbt und spannt sich das Trommelfell, während er seinen Krimi gegen die Wirklichkeit treibt. Jette erregt ihn, er will sie in seine Sprache zwängen, bis sie hinausschreit aus ihrer Unwegsamkeit.
Wie heißt sie noch mal? Jette, Jette?
Er würde sie Jakobine nennen.
Gewalttätig und weiblich. Er schwitzt.

Doch etwas fehlt ihm. Ein Taschentuch?
Etwas fehlt. Der Sex.
»Lächelnd tarnt die Banklady mit Manieren eines Cowboys ihre Pläne« oder »Bankraub mit falschen Haaren und echter Pistole«. Nervös mischt er die Photos in der Hand, als spiele er Karten. Anstrengung perlt ihm die fettige Stirn hinunter.
– Wenn er nur keine Flecken auf die samtigen Sitze macht. Jettes Mutter zuckt mit den Füßen, doch hält sie sich zurück. Bei den Kindern, wenn sie zu Besuch kommen, legt sie rasch Trockentücher unter, um die hellen Sessel zu schonen.

Ach, wenn es nur keinen Gott gäbe, wäre dann alles erlaubt?

Katia ging in großem Bogen um den Eßtisch auf Jettes Vater zu, der über den Brillenrand hinweg den Nachrichten folgte. Er gab die Hand, schob einen Stuhl vom Tisch, damit sie sich setze. Auf Jettes alten Platz, den sie nie eingenommen hatte.
– Ganz der Vater, sagte Jettes Mutter nach einem prüfenden Blick über die spitze Nase, das noch spitzere Kinn, den tiefen Haaransatz.
Draußen vor dem Fenster liefen Füße auf und ab, vertraten sich die Zeit.
– Bitte, nicht mithören, dachte Katia, da sie Jette und Kindermann mit langen Ohren am Fensterrahmen vermutete.

Revolution machen wie andere ein Ding drehen. Krieg in die Wohnviertel tragen. Als der Photograph um den Tisch geht, um die beste Perspektive für seinen Altar zu suchen, zittern leise die Gläser im Schrank. Niemand hört auf sie.
– Ob sie etwas trinken wollen? Jettes Mutter will den Überfall in die Routine abschieben. Deutschlands meist gesuchte Frau heißt Jette Kindermann, und sie, die Johanna, die gebo-

rene Irgendwie, ist ihre Mutter. Kinder und Eltern, wieviel können sie füreinander? Nicht tun.
Die Halbglatze diktiert unbeirrt. »Seht euch diese alte Hexe an. Da haben wir uns aber ein widerliches Biest großgezogen. Das sagte er zu Mutti.« Er legt das Tagebuch aus der Hand.
– Wo ist Ihr Mann?
– Beim Gemeindeamt, sagt sie. Das Herz schlägt ihr mit jedem Wort dumpfer im Hals. Drehschwindel kündigt sich an. Ihr Hirn, gargekocht wie unter der Trockenhaube am Freitag beim Friseur, fährt auf einem einzigen Satz Karussell, als käme sie so weiter.
– Es aus der Zeitung erfahren, denkt sie.
– Ihre Tochter, fragt der Mann und schiebt das Gerät an ihren Mund,
– Ihre Tochter, was war das eigentlich für eine?
– Das hab ich alles erst aus der Zeitung erfahren. Jetzt ist es heraus. Die Glatze nickt zufrieden. Jettes Mutter senkt die Füße, die sie seit Minuten angezogen in der Luft hält, zu Boden, macht einen Schritt im Sitzen. Wagt sich vor.
– Sie war ein fröhliches Kind, sagt sie. Sagt, daß der schlechte Einfluß erst später kam.
Die Fröhlichkeit blieb.

Jedem steht die Wahl des Berufes frei.

Vor dem Fenster hustete jemand Einspruch. Katia drehte ein Saftglas zwischen den Fingern.

Revolutionärin.

An der Wand über dem offenen Kamin, der elektrisch flakkerte, hingen Bilder, von den Kindern, die klein, schließlich doch groß wurden, heirateten. Von den Enkeln, die noch klein, dafür in Farbe, sich auf nichts anderes vorbereiteten.

Kein heller Fleck in der Galerie, der sagte: Damals hieß sie Jette.
– Konrad, sagte Jettes Mutter und schob ein Bild im Silberrahmen vor Katia hin. Das Original stand im Türrahmen gelehnt. Blaß, dunkle Augen, und auch hier, Jette spurlos verschwunden in diesem Jungengesicht. Nur an der linken Schläfe hatte Konrad einen dunklen Leberfleck. Alle Informationen gespeichert auf einem Stecknadelkopf.
So spurlos durfte keine verschwinden. Katia wischte sich roten Sand aus den Augen, stemmte sich einem gelben Wind entgegen. Etwas so widerständig wie Liebe zwang ihrem Gesicht eine andere Landschaft auf. Sah es niemand, daß sie durchsichtig geworden für Jettes Züge?
Jettes Mutter schenkte Pflaumensaft nach. Mit dem höflichen Lächeln, das »Danke« murrte, klagte Katia ihr altes Gesicht ein. Konrad legte eine Hand auf die Rückenlehne ihres Stuhls. Je länger sie schlich, desto kälter wurde der Brei. Jettes Vater zog energisch mit dem Daumen die Hosenträger von den Schultern. Das hieß, wie sich die Zeiten nicht ändern. Das hieß, sie solle endlich gehen. Tee gäbe es heute keinen mehr. Konrad, die Lehne noch immer fest im Griff, hielt sie zurück.
– Konrad hat immer gesagt: Oma, laß uns doch die Jette vergessen. Jettes Mutter wischte die trockenen Augen, bis sie feucht wurden. Katia schaute auf Konrad, Konrad auf die Wand. Dort erschien ein Schriftzug. »Es gibt Sätze, die es ohne uns gibt.« Katias Fußspitze kämmte die Fransen am Teppich. Die Schrift blieb. Ihre Narrenhand? Peinlich. Jetzt böselte auch noch getrocknete Erde von ihren Schuhen, der Bauch knurrte gekränkt vom Pflaumensaft. Konrad holte ihren Mantel und brachte seine Jacke mit.
Man schied in gegenseitigem Unbehagen. Die Kette hängte sich ein, erleichtert. Jettes Eltern verzahnten sich mit dem Abend, als sei nichts geschehen. Hinter dem Haus hustete

Kindermann, nur um zu stören. Katia hörte Jette nachsichtig lächeln. Ein Stapel Zeitungen, gelber mit den Jahren, knisterte.
– Raus, schrie Jettes Mutter dem zweiten und jedem weiteren Ansturm von Fragen entgegen.
Draußen blieben Konrad und Katia nebeneinander stehen. Katia zog eine Kinokarte aus der Tasche, schrieb blind den Satz, den es auch ohne sie gab, auf. Dann hakte sie bei Konrad unter.
Das gleiche Knirschen zwischen den Zähnen. Alle Kinder fressen Sand zu ihren ersten Schwüren.
– Bist du eigentlich Journalistin geworden?
Katia zögerte.
– Sag was. Sag nein. Los, sag.
– Nein.
– Du solltest die beiden verstehen. Konrad drechselte ein dickes Papier zum Wurm.
Wo sie auch hintrat, nur Scherben. Nicht ihres, dies wüste Gelände, auf dem man nicht den Namen Jette nennen durfte, ohne Weiteres anzurichten. Katia sah Konrad von der Seite an, hartnäckig. Er erwiderte ihren Blick nicht. Sie gingen langsamer, als warteten sie auf jemanden, der sich noch einen Schuh binden muß oder eben ein Telefongespräch führt.

> Das Schreiben bedarf der schönsten Anstrengung wie die Liebe.

– Es ist ein schwieriger Fall, sagt der Lehrer, der auch Jettes war. Als Katia vor Jahren neben dem Schuleingang auf Konrad gewartet hat, wird sie ohne Absicht gekommen sein.
– Hyperintelligent, sagt er und schüttelt den Kopf, als habe Konrad eine unheilbare Krankheit.
– Was wollen Sie von dem Jungen?
Er kommt mit schwarzer Aktentasche und straff gebügeltem

Hemd, geht an ihr vorbei, grüßt flüchtig. Katia läßt den Direktor stehen.
– Gehen wir einen Kaffee trinken? Sie gehen.
Der Schulweg in die Stadt zurück hält an jeder Biege hastig verlassene Erinnerungen offen. Die Samenhandlung vom Lahmen, der mit dem Blutschwamm im Gesicht und dem Magistertitel auf dem Grabstein, der Judenfriedhof, den sie über den Zaun bestiegen, der Feuerwehrteich bei der Oberstadt, wo sie heimlich sich anschlichen, um im Stehen hineinzupinkeln, in der Hoffnung, erwischt zu werden. Der Weg fragt, ob sie die Erinnerung nicht haben will jetzt, da sie sie gut gebrauchen kann, jetzt, da sie ...
Nichts weiter.

Schreiben; eine Begleiterscheinung.

– Warum machst du das?
– Der Antrieb, sagte Katia probeweise und stockte. Sagte noch mal »Antrieb«, wie, um sich Mut zu machen, strich dem Wort die beiden ersten Buchstaben fort, zog es aus, heraus aus der Neutralität.
– Sie hat eine Hälfte von mir mitgenommen. Katia suchte in ihren Manteltaschen nach den richtigen Worten.
– Mir fehlt was, sagte sie. Sagte, es geht nicht vorbei.
Sagte, mir fehlt die Leere.
Für den Rest der Sekunde wehrte sich Konrad mit Händen und Füßen.

Damals wird sich Katia gewundert haben, daß Konrad sie nicht mit »Sie« anredet. Doch er redet gar nicht.
– Was machst du nach dem Abitur, fragt sie.
– Ich gehe zum Bund.
– Und dann. Sie mißgönnt ihm den Spaß, sie verärgert zu sehen.

– Dann studiere ich Betriebswirtschaft und Philosophie. Du sollst dir kein Bildnis machen.
– Ich habe Jettes Kisten aus dem Keller auf den Dachboden getragen. Da unten ist eine Ratte auf ihrem Nachlaß verwest.
Konrad rutscht auf der Stuhlkante, längst bereit zu gehen. Die Kisten kümmern Katia kaum.
– Wann hast du sie das letzte Mal gesehen?
Er hebt die Hand, spreizt drei Finger.
Was soll sie schwören? Jetzt noch?
– Mit drei Jahren, sagt Konrad.

– Das Angebot mit dem Dachboden, gilt das immer noch?
Konrad mußte eine Weile überlegen. Dann nickte er.
– Komme ich auch darin vor, fragte er. Katia gab sich alle Mühe, seinen Blick so lange wie möglich zu halten, bis er sich bis zum Rand mit Unverständnis gefüllt hatte. Bis die Frist für eine Antwort verstrichen.

> Die Formel; Motorisierung, Geld, Waffen, Munition, Sprengkörper; kurz MGWMS. Formeln dienen zur Lösung einer Gleichung.

Rückenwind trieb sie den Berg hinunter, schneller, als Katia wollte. Unten, an der Kreuzung, wo eine Ampelanlage endlich auch in Wallerfang für Verkehrsstau sorgte, würde er sich verabschieden, zu diesem Zweck, mit jenem Vorwand, für eine Verabredung zum Billard mit einem Blick auf die Uhr.
– Ich muß gehen. Konrad trug keine Uhr. Das Blatt vorm Mund, sie drückten es sich gegenseitig in die Hand. Morgen würden sie sich anrufen. Sicher.
Sieben Jahre später schmeckte ein Unglück nicht schaler. Katia lief den Weg zum Haus ihrer Eltern blind. Nach einer Jugend, die die Stadt täglich nach einer Öffnung durchsucht hatte, wußte sie die Anzahl der Schritte, die man bis zur

nächsten Biege machen mußte, ohne sie je gezählt zu haben. In der weißen Villa Rosenstrauch putzte eine Frau im Dunkeln Fenster. Vor über vierzig Jahren bliesen sich Vater und Sohn gegenseitig das Hirn, das gehetzte, aus dem Kopf, schossen sich, buschige Blicke unnachgiebig wie alte Propheten aufeinander gerichtet, in den Mund. Fünf Schritte weiter roch Katia den Schmauch nicht mehr. Die Frauen gingen ins Exil, nach England, nach Israel. Brieffreundschaften blieben.

– Jette, würdest du deine Brieffreundin erschießen?

Doch Jette war weit in Verzug geraten auf der Hälfte des Berges, steckte tief im Winter, telefonierte, stritt mit Kindermann, zog ein Paar ägyptischer Soldatenstiefel aus dem Sand im Kinderkasten, streifte sie über die nackten Füße gegen den europäischen Winter. Den war sie nicht mehr gewohnt.

Falsche Schlüsse aus richtigen Voraussetzungen.

Jette hatte die Stadt verlassen. Das Fenster hatte sie mitgenommen.

Komm übers Jahr. Jahre danach.

Jette kam, ein Fensterkreuz im Rücken. Zum wiederholten Mal gefallen.

Dann saß sie auf dem Bett. Vielleicht hatte sie einer dort hingemalt, in dieses Licht nach Norden, das klar und grau, als schaue es nur auf sich selbst, durch das Dachfenster fiel.

Konrad schloß Katia die Tür neben dem Taubenschlag auf. Eine Glühbirne über dem Schreibpult schaukelte leise im Luftzug. Konrad schaltete einen elektrischen Heizer an, zog eine Thermoskanne aus der Manteltasche, wünschte ihr Glück beim Picknick in der Vergangenheit und lief die Treppe, Stufen zu schmal noch für Kinderfüße, hinunter.

Erst jetzt rührte sich Jette, erwachte, atmete stockend noch,

lief fremdelnd mit den Augen die Zuflucht, Notschrei unter einem Dach von damals, entlang.
Die Blicke trafen sich genau an der Grenze.

> Eine Kreuzotter, der man den Kopf abschlägt, läuft noch bis zum Abend ohne Kopf herum.

Es war Mittag.

> Denn nur ein Ding auf der Welt schöpft sich niemals aus.

Jettes Haare hatten das stumpfe Braun aus der Tube. Sie nahm die Brille ab. Fensterglas. Der Blick, haltlos, bis ihre Augen sich trafen. Da schwamm Katia, gleich einer toten Mücke, auf Jettes harter Pupille, sich spiegelnd, ohne sinken zu dürfen. Über dem Holzbett mit dem hohen Rücken und den Kratzspuren unglücklicher Zehennägel am Fußende zog sich bis zur Außenwand das Ofenrohr. Ein Wort streckte sich der Länge nach über das blinde Blech. Jette setzte sich auf die Bettkante und lud die müden Füße weit von sich ab. Über ihrem Kopf das Wort »bürgerlich« fühlte sich unwohl, der lässige Zug in der Schrift zitterte, kein Zweifel.
Katia sank tief fast bis zu den Ohren im Sessel gegenüber ein, der unter den Dachfenstern stand. Eine Feder klagte leise, eine zweite stimmte ihr bei. Katia legte den Kopf auf die Rükkenlehne, rollte ihn hin und her. Das Grau des Himmels senkte sich.
– Er fällt dir gleich herunter, sagte Jette und zog an einer Zigarette, die eben noch nicht da gewesen.
– Sonderbares Mädchen, sagte Katia. Sie sagte, sie stecke in Brand, wo man sie nur einsperre. Niemand glaubte ihr. Es hieß, als das Feuer alles vernichtet hatte, fand man nichts mehr von ihr. Außer einem Häufchen Unglück.

– Kennst du die Geschichte?
– Nein. Erzählst du noch immer Geschichten?
Zum ersten Mal schlich sich in Jettes Stimme Wärme ein. Vielleicht genoß sie nur das Rauchen.
Flocken flogen kreuzquer, unschlüssig, zur Erde zu fallen. Von einer ihrer übermächtigen Gemütsregungen ergriffen, sah Katia sich, die Arme klagend vorgestreckt, breitbeinig auf dem höchsten der Roten Berge, eine Sonne im Rücken, die mitspielte und glühend unterging. Auf dem Arm trug Katia toten Krieger und Blutsbruder Jette. Eine Bratsche strich von fern, getragen vom Wind, damit Katia nicht auch noch selbst singe. Schneeflocken fielen ungefragt und allemal unpassend auf die Szene.
– Mach das Fenster zu, sagte Jette.
Ein Umzugskarton rutschte in die Knie, schwach geworden im Warten auf einen Träger, der ihn aufgeklappt, beladen fortbringt. Jette lehnte sich auf dem Bett zurück, der Kopf knickte gegen die Wand. Sie stützte sich auf die Ellbogen, führte, wie zum Kuß, den Mund zur Hand. Die Zigarette glimmte zweimal auf.
– Ich kenne dich nicht wieder, sagte Katia.
– Deine Mittel zählen nicht, sagte Jette.
– Du hast es gut.
Jette zog eine Braue hoch. Das Auge darunter blinzelte amüsiert.
– Ich habe geträumt von dir. Immer das gleiche. Eine Frau wird lebendig gekreuzigt. Sie hat die Beine gespreizt, wie die Arme es tun. Fliegen fallen über sie her, bevorzugen die zehn Enden der Füße. Schwarzes Blut und schwarze Fliegen. Sie haben ihr alle Glieder abgeschnitten. Unter dem Kreuz stehen drei junge Männer, umfassen himmelblaue Amulette, auf denen die Heilige Frau von Lourdes die Hände faltet. Madonna, da weiß ich, daß wer – du – ja wann – im Herbst 1982 – und wo – bei Chatila – es bist.

Jette schob den Knöchel ihres Mittelfingers zwischen die Zähne. Das machte sie immer, beim Denken und bei der Liebe.

– Warum sterben wir? Katia schaute auf Jettes Knie, die leicht gegeneinanderwippten.

– Nicht warum. Wofür. Jette wies das Unerträgliche von sich. Die Knie wippten lockerer, als wüßten sie von einem Spaß, den Katia bislang versäumte. Jette drückte die Zigarette an der Wand aus und legte beide Hände zwischen die Beine.

Ein Speicher. Die Schubladen verschlossen. Die Jahre, milder im Staub. Die Dinge hatten gewartet, gern und vergeblich. Unbehaust jetzt der Ort, an dem es begann. »Weißt-du-noch« wagte Katia nicht zu fragen. Jette mit leeren Händen zwischen den Beinen, die Dinge nicht beim Namen, nein, beim Schopf packend, sie hatte den Geruch von feuchtem Sand in der Nase. Von dort, wo sie kam, hatte sie keine Heimat, dafür eine Familie, einen Mann, ein Kind, ein Wellblechdach über dem Kopf.

Heimat ist nicht, woher man kommt, sondern wohin man will.

– Fatah, sagte Jette, wie, um sich zu vergewissern, Fatah heißt Kampf, Gewalt und durch Gottes Gnade gewonnene Schlacht.

Danach: die Abwesenheit Gottes sichtbar machen?

– Egal, sagte sie.

– Jedes Zögern macht müde. Jette strich sich die Haare hinter die Ohren.

Jüngstes Kind aus strenger protestantischer Zucht, es ging in die Wüste. Katia schlich unauffällig, die Ohren angelegt, hinterdrein, folgte Jette an die Orte, wo sie gelebt hatte, saß auf dem Rücksitz im Auto, bei der Reise durch die Schweiz des Nahen Ostens, schlief im Hotelflur in Beirut zwischen einem Brett und zwei karierten Decken, während sie Jette leise englisch sprechen hörte. Trotz der fremden Sprache behielt Jettes neuer Geliebter seine arabische Eigenheit, sagte »schlimm schlimm schlimm«, wenn etwas unerträglich.

– Es bleiben achtzehn Grad, auch in der Regenzeit. Katia schloß die Augen, um besser sehen zu können.

– Luft und Männer atmen süßer, sagte sie, wie Mandarinen, wie Blumen, an der Grenze zwischen Schönheit und Verwesung. Auf dem Mercedes steckt statt des Sterns eine Plastikorange. Du sitzt neben einem dunklen Männergesicht, das deines noch zarter zeichnet. Er behandelt dich wie eine Europäerin und eine Araberin zugleich. Deine kurzen Röcke sind ein Steinwurf gegen den Koran. Also schlägst du dich in Jeans durch das Mittelalter. Je strenger die Sitten, um so mehr Lust bekommst du. Du sollst dir kein Bildnis machen. Er hält die Hand vor die Kamera, als dein Freund aus Deutschland ein Photo von dir machen will. Hochzeiten. Er zeigt dir, wie ein Leben mit ihm Wasser in Wein verwandelt, wie man sich in aller Nüchternheit aneinander berauschen kann. Du bist herrenlos, schließt dich ihm an. Du willst besessen sein. Gegen die Kargheit des Landes blühst du auf. Sie sagen, du darfst dich nicht in die Sonne legen, sagen, du seist hier nicht an der Riviera. Die Männer mögen dicke Frauen. Jette, du hast keine Brust.

Egal.

Er liebt dich wie etwas, das er nie hatte. Schneeschmelze. Jetzt klemmte Katia die Haare hinter die Ohren.

Das Bett stöhnte, als Jette ihr Gewicht auf die linke Hüfte lagerte, den Kopf in die Hand stützte und an Katia vorbei den Winter sah. Da waren Schatten, Schatten von einem Bett, in dem gestorben wird.

Gelb die Sonne und nicht da. Jette warf sich auf den Rücken, das Gesicht zur Decke, Spaß und Spott in den Mundwinkeln.

– Weiter, sagte sie und winkelte die Füße an.

– Du schleppst dich überall mit hin, gleich mit welcher Gewalt du deiner Geschichte mit dem Ende drohst. Katia biß an der Nagelhaut. Jette zeigte keinen Zorn.
– Im Aufbrechen immer sein Land mitnehmen, das tun die Juden, Jette. Sagte Katia.
– Wahrlich, sagte Jette nur und nickte mit dem linken Fuß, folgte Katias Finger.
– Hier, Katia wies auf den Dielenboden wie auf einen strategischen Punkt.
– Hier hast du zum ersten Mal auf Menschen geschossen. Dein Herz ganz hell, aus bruchsicherem Glas, hat geklopft, wie damals, als du zum ersten Mal von der Kinderschaukel im Hof sprangst, die zwei Schwünge nur vor dem Überschlag. Zu Anfang hast du mit beiden Händen geschossen, weil deine Handgelenke zu zart für den Rückschlag. Er hat dich für jeden Tod geliebt. Katia, als beuge sie sich dicht über Jette, schmeckte ihren Atem, Anis.
– Terroristenliebchen. Da fuhr Jette mit der Hand durch Katias Gesicht.
– Dummkopf, sagte sie ganz dicht an ihrem Mund. In ihren Augen, wo sie schwarz ins Nichts tauchten, erwischte sie Jette, als gäbe es ein Schlüsselloch zu ihrer Seele.
Jette zieht den Reißverschluß ihrer Hose auf. Er hakt im Futter. Sie reißt, zerrt. Er kniet nieder, hilft. Jettes Erregung ist so heftig, daß sie sich ins Gesicht schlagen könnte. Sie stirbt tausend Soldatentode. Einen dieser gefallenen Kameraden hebt er auf, trägt ihn zum Lager, rollt ihn in die Mitte, wo die Überdecke nachtblau. Und dann nimmt sie ihn, wie den ersten, den letzten Mann. Was dazwischen, ausgelöscht.
»Wie konnte ich je einen anderen lieben.«
Sie nimmt ihn hinein in die Leere. Für einen Augenblick zwischen Sonntag und Montag ist Hingabe so groß wie sonst nur die Freiheit. Sie weiß, es geht vorbei. Eine Winterliebe, zwei im Sommer, Tage weniger rasch gezählt als Gefühle. Lange

noch, nachdem er sich längst nicht mehr bewegt, hält sie ihn umschlossen. Wenn er geht, verliert sie das Gefühl für dieses grenzenlose Innen, wird sie dumpf für das Glück, sich durch diese Leere zu treiben, die sie bisweilen Freiheit nennt.

– Entschuldige, sagte Katia und schlug die Augen nieder, weil Jette es nicht tat.

– So nahe waren wir nie. Katia ging langsam zu ihrem Sessel zurück, immer noch die Frische von Jettes Anisatem auf dem Gesicht.

– Du warst zu klein, sagte Jette, und diesmal ging sie gemach für Katia ihr unbewohnbares Gelände noch einmal ab, nahm bei der Hand sie.

Katia klammerte die Hand. Sie saßen sich am ausgestreckten Arm gegenüber, zwischen ihnen ein Knoten, der nicht lösbar schien. Beide für Augenblicke seßhaft geworden in der Sehnsucht.

– Sie ist tot, sagte sie.

Jette blieb unzerstörbar, weil unstet, nicht auffindbar trotz ihrer großen Zuverlässigkeit.

– Sie ist nie langweilig.

Nicht die Erfüllung, sie war sich selbst die Spitze des Verlangens.

– Sie wird nie erstarren, ist sie tot.

Da ließ Jette Katias Hand los.

– Du darfst mit der Wahl deiner Waffen nicht so zimperlich sein, sagte Jette. Gras schlug über ihren Köpfen zusammen. Die Katze lag noch immer dort, so lange, bis der Regen den letzten roten Staub aus den Poren gewaschen.

Das würde nie eintreten.

– Dein Lieblingsgeruch, fragte Jette.

– Du, sagte Katia.

Jette seufzte. Die Männer von dort unten, meinte sie, ejakulierten, bevor sie die Hose richtig herunter hätten. Katia schlug sich ein Lachen vom Mund.

Jette legte sich eine Hand in den Nacken und erinnerte sich an jene immer ersten vielen fremden Berührungen, die vor jedem Wort sagten, »könnte zu dir gehören«. Katia trieb sich weiter in ihre Sprachwüste, setzte Kommata und Zeichen, grub nach Bildern, Bomben, die noch nicht entschärft.

– Er ißt ein wenig Reis, trinkt eine Tasse Kaffee im Stehen, ein Gewehr unter seiner Djillabah festgebunden am Bein. Er geht nach Israel und wird im Morgengrauen zurück sein. Ganz sicher. Solange er nicht da ist, ist er besorgt um deine Keuschheit. Du fährst mit der Hand an dem kurzgeschnittenen Bart auf seiner Oberlippe entlang. Du hast einen dreijährigen Sohn von ihm.

– So? Den Kopf hob Jette.

– Hast du ihn nach dem Kampf gefragt, ob er, zwischen Töten und Sterben, an dich dachte, deine hellen Augen, dein glattes Haar, an die Momente, in denen er sein Gewicht in dich warf, deinen Namen sagte, als sei es der der Liebe? Und dann, wenn er schwieg, wußtest du, daß er unschuldig blieb, im Töten wie in der Liebe. Daß er den Geschmack, Geruch von beidem nicht mit in die Stunden danach trug, wie du, ganze Tage in den Träumen. Dann hast du seine Hand mit der Fingerspitze berührt, ein Wagnis, das eine arabische Frau einem Fremden gegenüber nicht eingehen durfte.

In die Illusion von Liebe hast du dich immer wieder gestürzt, weil sie mechanisch wiederholbar. Wunderbar wiederholbar, je unschuldiger der Mann.

So sanft ist er dir gefährlich, dem schmalen Leib und dem harschen Gemüt einer nicht mehr ganz jungen Europäerin.

– Schneeschmelze, sagte Jette und blies das Wort vor sich her, hob den Kopf und musterte Katia. Katia musterte Jette.

– Du redest wie ein Zelt mit Klimaanlage, sagte Jette.

– Das ist mir peinlich, sagte Katia.

Da waren Schatten an der Wand, die keiner warf.

Da waren Schritte auf der Treppe.
– Soll man nach einem kurzen Leben sterben oder für die Ewigkeit dichten? Jette entließ Katia nicht aus dem Augenblick.
Die Schritte kamen näher.
Katia, knauserig, fühlte sich ertappt. Konrad stand in der Tür.
Sie sparte mit Leben, um es in Worten anzulegen.
Konrad öffnete mit einem verbogenen Kleiderbügel die Läden am Schreibtisch. Ein Stapel Briefe mit rotem Expreßaufkleber hatte es immer noch eilig und stürzte aus der obersten Lade. Der ganze Konrad, schweigsam wie bei anderen Menschen nur die Schulter, der schlafende Rücken, spiegelte sich in Jettes Augen. Auch er blieb oben auf dem dünnen Eis liegen. Sah Katia Jette an, konnte sie Konrad von vorn und hinten gleichzeitig sehen.

Liebe auf nur einen, auf einen anderen Blick entfernt.

– Sie soll schön gewesen sein, sagte Katia.
– Sonst noch was, fragte Konrad.
Jette im toten Winkel hinter der Tür führte in schneller Bewegung immer schneller Zeige- und Mittelfinger zum V gestreckt zum Mund.
– Kannst du Zigaretten hier lassen, fragte Katia.
– Du rauchst doch nicht, sagte Konrad, während er vier abzählte.
– Danke, sagte Katia und rieb mit der Handfläche die Sessellehne, als könne sie nicht abwarten, eine anzuzünden. Konrad ging, die Schultern steiler, den Kopf schräger, als lausche er einem unsichtbaren Raben, der ihm beihockte. Katia warf eine Zigarette in Jettes Richtung. Sie landete neben dem Bettpfosten. Beide Frauen bückten sich gleichzeitig, die eine nach der Zigarette, die andere nach der blauen Hutschachtel im

unteren Fach des Schreibpultes. Gelbes Futter hing ihr aus dem Maul. Unter dem Stapel von Briefen war das Tagebuch liegengeblieben. Das Schloß klemmte. Die Plastiktänzerinnen schwebten unbekümmert darüber hinweg.
Vor Jettes Augen ihre Vergangenheit plündern? Jette massierte, als habe sie jahrelang und unbekümmert auf der Plastikhülle mitgetanzt, über die Sohlen, knackte mit den Zehen, hangelte mit dem Fuß nach der Zigarette, steckte sie, zwischen dem großen und dem nachfolgenden Zeh eingeklemmt, an.
Wäre sie ein Mann, sie verfiele Jette. Jette zog die Knie an, wickelte sich in eine Decke. Als habe Katia nach einer Serviette gefragt, sagte sie »Nimm nur«, nickte mit dem Kopf knapp in Richtung Briefe und Buch.
»Liebste, Liebste«. Die Verzweiflung einer Jugend, die mit dieser großen Liebe vorbeigehen würde, ertrug das Papier ebenso geduldig wie die Schrift, die immer fahriger entglitt. »Und wenn mich eines Tages, gleich wie es mit uns geendet hat, einer fragte, ob ich alles noch einmal genauso täte, ich sagte sofort ›ja‹.« Katia strich das Papier glatt, als wolle sie trösten.
– Jette, er sagt, ein Mädchen wie dich bekäme er nie wieder.
– Wer? Jette schob sich die Hand auf den Bauch.
– Jacob.
– Ach ja? sagte Jette, erinnerte sich schwach, glaubte daran nicht recht.
– Jette, sag, was hab ich falsch gemacht?
– Ich bin nicht beleidigt, sagte Jette.
Nach einigem Zögern hob sie den Kopf, glitt mit dem Mittelfinger die obere Zahnreihe entlang wie die Tastatur eines Klaviers. Es ratterte dumpf.
– Zahnspangenmädchen, sagte Jette, lachte, zeigte die Lücke zwischen den beiden vorderen Zähnen. Bei jedem Mann, er-

barmungslos, suchte Katia dies erotische Signal, für das sie sich füttern, anfassen, festhalten ließe.
An den Zahnlücken sollt ihr sie erkennen.
– Du hast dich zu willig richten lassen, sagte Jette.
Katia warf, um zu werfen, eine zweite Zigarette direkt aufs Kissen. Nichts zeigen, nicht zugeben, daß auf diesem Speicher Jettes zugige Sätze ihr gleich nassen Wäschestücken um die Ohren schlugen, ins Gesicht klatschten, bis es rot. Daß man nicht wählt, nur nimmt? Daß eine Ratlosigkeit, von der man nichts weiß, in ein anderes Leben führt?
Jette hatte sich verändert, oder sich gefunden, hatte kaum gehört, wie es leise klirrte, sich nicht weiter beschaut. Das Herz hatte einen Sprung. Ansonsten ging es ihr besser.
– Die wichtigen Dinge geschehen nebenbei, scheinen ungeschehen, sagte Katia.
– Weil jemand, der neben dir steht, lange Wimpern hat und du deshalb neben ihm stehenbleiben willst, den Bus versäumst, geht dein Leben mit dir einen anderen Weg. Katia hoffte auf Zustimmung.
– Du redest über Dinge, bis sie existieren, sagte Jette.
– Nein, nein, versicherte Katia. Wenn ich über sie rede, sind sie längst geschehen. Ohne mich. Es gibt keine Gleichzeitigkeit.

Nachmittag schlich später durch das Dachzimmer. Eine Etage tiefer sprach jemand laut mit dem Telefon. Ein kurzes Wetterleuchten, noch eins, und Katia sah in der hastigen Helligkeit Jette in grauer Schwesternuniform mit Kopftuch nach durchwachter Nacht unter einer roten Sonne, zwischen zwei Jungen, die in dem engen Sanitätsauto nicht wußten, wohin mit ihren Maschinenpistolen. Wenn Not am Arzt, übernahm Jette selbst die Aufgaben, mit dem Skalpell so geschickt wie mit der Pistole. Thymianduft überall, und der von Mandarinen, von Blumen.

Das größte Verbrechen: nichts zu tun, weil man befürchtet, nur wenig bewirken zu können.

Jettes Augen gefährlich und arglos. Leicht erregbar, kannte sie alle Schattierungen von Leidenschaft bis Leere. Da war auch Zorn, Zorn und stolze Sicherheit, auf Skrupel verzichtend wie auf einen höflichen überflüssigen Satz. Grüße Gott und die anderen.
Als beim dritten Leuchten am Himmel der spärliche Schnee sich in großzügigen Regenschauer verwandelte, schwang Jette die Beine vom Bett. Katia rührte sich nicht.
– Mach das Fenster zu, sagte Jette.
– Ich kann nicht. Es ist zu hoch für mich.
Etwas auslösen.
Jette schob das Fenster zu, zog sich in den Rollkragen ihres Pullovers hinein bis zur Nase, während sie langsam zum Bett zurückging.
– Weißt du, wie das ist? Plötzlich sprach Jette, als hätte das geschlossene Fenster ihr den Mund geöffnet.
– Die abgebrühte Seele brennt unerwartet wie ein Scheiterhaufen. Das Leben Glück, aber nicht höchstes Gut länger. Das Leben wie die Liebe leben.
– Das Leben wie die Liebe leben, wiederholte Katia ehrfürchtig. Jette verknappte die Sätze, als gelte auch für die Liebe zum Denken Kassiberkürze.
– Aus dem Alltag getrieben wie aus einem Zimmer, in dem sich das Dach senkt, fuhr Jette dazwischen.
– Bevor du dich duckst. Sie wurde laut. Katia zog die Schultern hoch, die Last eines ganzen Wohnblocks auf dem Buckel. Jette lief barfuß auf den kalten Dielen auf und ab, schlug sich, die Arme gekreuzt, mit den Händen auf den Rücken. Für wen tat sie das? Für sich? Für Katia? Tat Katia das für sich? An Jettes Person entlang sich erzählen lassen, was sie vermied und doch in sich trug?

– Jette, gib mir was von deiner Leere ab. So etwas läßt sich nicht sagen.
– Und Konrad, fragte Katia statt dessen, stand auf und drängte sich, als Jette vor ihr stehenblieb, von unten mit dem Kopf in die gekreuzten Arme. Jette hielt sie, ließ sich mit Enge die Nähe abringen.
– Konrad, sagte sie sacht und wiegte Katia.
– Für Konrad muß die Rabiatheit sich erst recht gelohnt haben.
Es fror. Jemand ritt über den See. Eine Wärmflasche ging zu Boden. Für eine lange Zeit gab es nichts als dieses Bild, nur die Geräusche sagten, daß Zeit verstrich.
– Ich freue micht, wenn du wiederkommst, sagte Katia.
– Ich bin tot, sagte Jette.

Katia suchte den Knopf der Schreibtischlampe. Die Finsternis wich außer Haus. Als gäbe es etwas zu arbeiten, konzentrierte sich der Lichtkegel auf die zerkratzte Tischplatte.
– Ich hoffe, wir können trotzdem unser Gespräch fortsetzen. Katia schlug probeweise einen offiziellen Ton an.
– Sicher, ich bin schwindelfrei, sagte Jette, ging wieder zum Bett, streckte, reckte einen langen mühsamen Tag aus den Gliedern. Wenn der Boden unter den Füßen versinkt, sagte sie, »ja, schauen wir Feunde, wie tief ist der Abgrund«. Jette warf das Lot und sich hinterher. Letzte Chance, Grund zu spüren. Jette spuckte auf den Boden vor dem Bett. Katia blickte sie befremdet an.
– Jeder ist mehr, als er von sich wissen kann, sagte Jette.
– Dahin will ich, gegen alles Können.
– Wenn nötig mit Gewalt, murmelte Katia und wandte den Blick nicht ab, obgleich ihr Kopf glühte.
– Au, schlug Jette zurück, als hätte ein Cello den falschen Ton getroffen.

– Hack doch nicht ständig mit deiner Schreibfeder auf mich ein.

Freiheit erweist sich nur in der Tat, im liebenden Kampf.

– Das war alles ganz anders, sagte Jette. Da, wo es hell wird, ist die Grenze.
Sie trieb Katia vor sich her, trieb sie durch Thymian und Citrushaine, über alle Sonnenblumen der Fremde hinweg. Olivenzweige schlugen nicht gegen den langen Rock. Hinter ihnen erst begann ein schwarzer öliger Regen. Die Erde in den Weinbergen staubte rot.
– Trägst du keinen BH, frage Jette zwischendurch und wartete die Antwort im Laufen nicht ab.
Beide Frauen saßen voreinander, die Beine gespreizt, die Handballen auf die Oberschenkel gestemmt. Beide wußten, daß hinter diesem Augenblick noch etwas anderes war. Wenn es keine von beiden mit ihren Worten sagen konnte, blieb der Augenblick nicht ihrer, hatten sie es nicht verdient zu verstehen.
Katia geriet als erste ins Schwitzen.
– Da liegt das gelobte Land. Dafür müssen wir kämpfen, sagte Jette.
Die Jette neben Katia war plötzlich wieder jung, als habe sie die Zeit von dem Ort vertrieben. Eine neunzehnjährige Jette und eine neunundzwanzig Jahre alte Katia, eine Katia, die längst zu alt für dies oder ein anderes Wunder, für eine Hoffnung auf etwas. Zu spät. Vorbei. Wie bei jedem Sport. Katia schüttelte die Haare auf. Gerade noch unreif, jetzt schon zu faul, zahnloser Windelbalg.
Eine rauhe Hand legte sich in ihren Nacken, versicherte, so nah zu sein wie das Glück.
– Ich kaufe auch die Katze von damals im Sack, sagte Katia, drehte sich um und prallte gegen keinen fremden Körper, sah

sich, sah sich an Jettes Stelle auf dem Bett, faltig zwischen glatten unberührten Laken.

> Töten und Gott spüren. Gott spüren, und daraufhin töten. Nichts wohlgefälliger als der Tod eines Tyrannen? Doch wenn es keinen Gott gäbe? Etwas wie Gnade. Etwas wie Gleichgültigkeit.

Aus dem hohlen Kopf heraus schoß Katia, ehe Jette ihr den Gebrauch von Waffen erklären konnte. Sie traf mitten in eine Wunde.

– Die Gewalt hat sich modernisiert, sagte sie. Früher wurde man mit einem Besenstiel niedergerungen, höflich in dieses oder jenes Auto gezerrt, eingesperrt, gemästet, laufen gelassen. Heute liquidiert ein sportlicher junger Mann im blauen Jogginganzug mit Lichtschranke einen, der, mag sein, klüger, liberaler, sagen wir sympathischer als er selbst.

Jette verriet niemanden und blieb sich selbst treu, den ganzen langen Weg von den Roten Bergen bis nach Sidon. Und doch, sie war zu launig für die Kälte des neuen Kampfes. Jette ritt auf diesem Besenstiel, der immer noch vor dem Auto lag, davon, ritt in die Wüste, glaubte an Wunder und half ihnen nach. Je ungewohnter das Gelände, desto sicherer ihr Gang. Sie trug den Boden zum Gehen immer einen Schritt lang zwischen ihren Beinen.

– Nimm mich mit.

Katia winkte in Jettes dunkle Richtung, sah, sie trug schon ein Kind mit Augenbinde auf dem Arm, drückte es fest an sich.

– Jette, drück das Kind fester, bettelte Katia.

Das Kind kaute an einer länglichen Kennkarte mit vier abgerundeten Ecken, kunststoffbeschichtet, das Paßbild von Jette in der rechten oberen Ecke. Ein arabisch geschriebener Deckname. Kriegsname. Hedwig Dünn hatte die Großbuchstaben abgelegt.

Sie hat es in sich.
Sie lädt nach.
Das war politisch, nicht sich zu verlieren, seinen Haß nicht und die Zartheit.
– Jette, drück das Kind fester. Dein Kampf ist die Hingabe an den Kampf.
– Sei still, sagte Jette, der Kapuzenmann geht um und will, daß wir uns verraten. Er zeigt auf dich.
– Wer ist er?
– Ich hab dir die Geschichte doch erzählt, sagte Jette.
– Unter der Kapuze war kein Spitzel aus unserem Lager, sondern ein israelischer Soldat. Stumm zeigte er mit dem Finger: Einer unter euch wird verraten. Jeder war angesprochen.
Das fremde Kind sabberte noch immer an der Karte.
Jette hatte angeordnet? Der Kapuzenmann tat, als wüßte er davon. Nichts wußte er, das machte ihn um so sicherer. Erst schossen sie mit Platzpatronen, dann scharf. Jette war nicht dabei. Die Kleine war sofort tot. Die Dicke hatte sich in der Toilette verschanzt und schoß durch die Tür. Der Ältere verblutete im Cockpit, der Hübsche schoß, bis er starb. Sie kamen aus dem Libanon. Niemand konnte ihre Namen behalten oder aussprechen. Man hätte sie mögen mögen. Nur eine Stewardess war am Bein verletzt. Jette warf zwei Teeschalen gegen die Wand. Auf dem Arm hielt sie noch immer das Kind.
Als einer von der Presse auf die Idee kam, hinter der Flugzeugentführung stecke ein heller Kopf, und findig ein frühes Photo von Jette betrachtete, band Jette, viertausend Kilometer entfernt, ein sonnengelbes Tuch um die Haare.
Der Kapuzenmann schaute sich um.

Kinderbanden, Frauenbataillon.

– Warum sterben wir? fragte Katia.
– Weil wir gescheitert sind. Weil wir den Auftrag nicht glücklich ausgeführt haben, sagte Jette. Das Kind auf ihrem Arm lachte breit und zahnlos und war beim nächsten Lidschlag verschwunden. Nur sein Lachen irrte noch eine Weile wachsam wie eine hungrige Maus an den Bodenleisten zur Wand entlang.
– Also Sterben ist kein biologischer Akt, Schicksal, Unvorsicht ...
– Nein, sagte Jette. Sterben ist Versagen, und das ist das einzig Schlimme daran.

Ein Dachboden. Und ein Frauenbataillon. Wie weit ist es zu dir. Zu mir. Weit weit.

– Weiter, sagte Jette, als läse sie ihre Gedanken.
Politisch, das war auf zwei Kufen gleichzeitig den Weg zu pflügen, waghalsig zu sein und besonnen, übertrieben und maßvoll, reizbar und ruhig, nicht sich den Glauben nehmen lassen, und sei er noch so naiv, nicht heimlich zu weinen vor Wut, vor Entsetzen, vor Angst. Politisch war, sich mit all den Widersprüchen auf den Weg zu schicken, hoffend, daß die Spur, die man zieht, Blätter und Blut, nichts und nicht die, die folgen, unversucht läßt.
– Jette, ich will auch ...
– Was, fragte Jette, neugierig auf Katias endgültigen Berufswunsch.
– ... auch nicht sterben, sagte Katia. Der Kapuzenmann winkte ab, ging.
– Jette, hast du Angst gehabt?
– Nicht soviel wie Wut.

Fußfassen im Bodenlosen.

– Angst, sagte Katia trotzdem, das ist, von einem Zimmer, in dem es einem wohlging, hinter eine andere Tür gerufen werden, stumm diese aufstoßen, und eine nächste, eine nächste, bisweilen bitten »Ist da wer?« Es schließlich lassen, alles, bis auf das Weitergehen in eine Dunkelheit hinein, die gerade noch ahnen läßt. Hinter einem das endgültige Schlagen der Türen. So wird es bleiben. Die Türen fallen zu.
Katia wartete.
– Deine Angst, das ist ja schon der Tod, sagte Jette.

Es ist alles eitel und Haschen nach Wind.

– Wann ist das passiert, fragte Katia.
– Was, fragte Jette.
– Das alles
– Wie
– Wie ist es passiert
– Immer wieder
– Wie
– Immer wieder beim Fensterschließen, sagte Jette. Sie schaute gelassen, wie der spärliche Tag in die längste Nacht hinüberdämmerte.
– Wünschte, du würdest mir geschehen, sagte Katia.
– Darauf kannst du nicht rechnen. Das geschieht. Du hast Lust, stehst auf, im Gehen gefällt dir dein Schritt. Jemand kommt dir entgegen, der Weg nimmt euch gemeinsam zu sich. Vielleicht ist er ein Kämpfer, vielleicht ein Denker. Beides macht dir Spaß. Jemand gibt dir Feuer. Du explodierst. So fängt es an. Oder?
– Have you got a match? Wenn Katia weint, dann nur im Kino.
– Du wirst gefährlich und kannst es auch noch vernünftig begründen. Was Verteidigung, schaut wie Angriff aus. Weil

du das Leben liebst, fängst du an, es zu leben wie eine große Liebe. Ohne Zuneigung, doch mit Verlangen. Hast alles bereit und vergißt, woher es kam.

– Du, Jette?

– Nein, du.

– Ich?

– Mach das Fenster zu.

– Ich kann nicht. Ich komme nicht dran.

– Dann spring.

Hinter einem Haus in Beirut, das durchlöchert wie ein Schweizer Käse, zog gemächlich der Mond her, schaute durch zerschossene Fenster, als mache es ihm wenig, vertan seine nächtliche Pflicht zu tun. Das Haus bestand nur noch aus der vorderen Wand, war Kulisse, keinem Leben mehr Dach über dem Kopf.

– Mach das Fenster zu. Katia stand auf. Im Traum, nicht fortlaufen können. Aus keinem Traum können. Sie stand auf und hatte einen Korb voll faustgroßer Gegenstände auf dem Kopf. Vorsichtig ging sie zum Fenster. Die Henkel stießen wie lange Ohren gegen den unverputzten Dachstuhl. Handgranaten nehmen den Duft von Orangen, auch wenn sie sich an sie drückten, nicht an.

> Nach manchen Revolutionen werden nur die Nylonstrümpfe billiger.

– Ich komme nicht dran. Sie drehte sich um.

– Weiter, sagte sie.

– Die Sätze, die es ohne uns gibt, sind hinter der Mauer, sagte Katia, ging vorsichtig in die Knie.

– Weiter.

Sanfter Schnee tischte auf den libanesischen und den galiläischen Bergen. Auf den Roten Bergen döste der Schießstand des Wallerfanger Schützenvereins unter Kartoffelsäcken im

Winterschlaf. Matsch schmierte durch die Straßen, hier wie dort.
Jette steht in einer winzigen Apotheke, ein Verschlag, den die palästinensische Selbsthilfeorganisation hergerichtet hat. Niemand ist krankenversichert. Jette verteilt Medikamente mit unleserlichen Waschzetteln. Erst hat sie die Baracken geliebt, dann hat sie im Lager gelebt, weil es, hier wie dort, eine andere Kraft gibt, die Liebe und den Tod zu ertragen.
– Ziemlich einfach alles, murmelt sie vor sich hin, anerkennend und hilflos. An Widersprüchen spannen sich ihre Nerven. Noch immer steht ihr die Wut der Jugend im Gesicht geschrieben, sind ihre Gesten flink, gewissenhaft. Europäisch. Nein, gegen Erkältung ist hier kein Kraut gewachsen. Kinder stehen auf Socken, in Sandalen vor dem Holztisch. Jette reibt ratlos ihre roten Fingerknöchel, drückt das Rückgrat durch. Draußen warten die Mütter, keusch, schön in ihrer weiblichen Schwere, die selbst schmale Frauen zu dem Gewicht macht, unter dem Entscheidungen fallen. Nicht der Bauch, nicht die Brust ziehen nach unten, sondern eine dunkle Selbstgewißheit, breitbeinig über den Schemel gegossen, um die das Haus, die Stadt, das All gebaut.
– Nein, Jette, so bist du nicht, nach außen verschlafen und innen so würdig, so wachsam.
– Du hast Post gebracht, das hast du ja schon früh gelernt. Und Quartier gemacht, von Führung zu Führung.
– Ja und?
– Sie werden dich eines Tages aus dem Hubschrauber ins Meer werfen, wenn sie dich erwischen.
Jette zuckte mit den Achseln, nach allem, was sie hinter sich hatte. Katia sah Jette lange an, bis sie verschwamm und sie ihr im Verschwinden näher kam.
– Eins steht fest, wenn du heute nacht stürbest, es bliebe ein Loch neben mir, in das ich nicht fallen möchte.

– Spring doch. Oder doch. Sagte Jette.
– Oder doch. Sagte Katia.
Vielleicht fängt es so an. Mit einem Abschied, den man nicht genommen.

Schreiben.

– Jede an ihrem Platz, sagte sie.
– Zerstören. Ein Nicken.
– Vergiß das Fenster nicht, Sturm kommt auf.
Regentropfen klammerten sich kalt an der Scheibe fest.

Dem Unmöglichen zur Seite gehen.

Sie sagte: Hast du noch immer Angst?
Sie sagte: Nein.
– Jetzt ist es ganz nah.
– Ich weiß. Wenn ich schreibe, sehe ich besser.

Katia nahm den Korb vom Kopf. Vorsichtig, als bestimme sie das Tempo, in dem die Zeit verging. Sie stellte sich unter das Dachfenster, blickte in den grauen Himmel, über den hastig nebeldünne dunklere Schichten zogen, wie Rauch, wie Zeichen, wie helle Schatten. Blickte auf den Boden. Auf dem Bett zwei ungerauchte Zigaretten. Sie hob den Arm, von fern ein Dröhnen, bei dem die Menschen, die um Jahre älter als sie, Erinnerungsfetzen an Hungerzeiten in immer kleinere Stücke rissen.
Sie hob den Arm langsamer, als gäbe die Luft Widerstand. So begannen manche Tänze.
Die Stille sprach deutlich von Sturm und Angriff. Die Stille wich, machte Platz.
Greifbar, als sei der Raum ein einziger Widerstand.
Da riß Katia den Arm zurück bis zum Anschlag, bis die Faust

am Oberarm abprallte. Mit dem Rückschlag schickte sie ihre Hand durch das dünne Fensterglas.
Das Dröhnen wurde lauter.

Und der Herr sprach.

Katia sprang die Treppe hinunter. Sätze, die es ohne uns gibt. Von denen man nicht zurückkehrt. Von hinter der Mauer. Nicht abzuschütteln, weil nicht auffindbar. Jeder Satz ein Fortgehen ohne Abschied. Ein Ende ohne Ende. Ein unentrinnbarer Schmerz.
– Jette, du die Männer, ich die Sätze. Du den Kampf und ich?
Die letzten fünf Stufen nahm sie im Sprung.

Am Anfang war das Wort. Und das war bei Gott. Siehe ich bin eine Magd.

Unten auf der Straße schob Katia die blutige Hand in die Hosentasche. Fortgehen, Fremdgehen. Und eines Tages, dies Husten in einem Hotel, in dem sie nie gewesen war. Die Lust, er sei direkt hinter der dünnen Wand noch immer dem Rauchen und manchmal ihr verfallen. Sie könnten zusammentreffen, auf dem Weg zum Lift. Das Treppengeländer böge sich unter der Wiedersehensfreude.
Alle hatte sie ohne Abschied verlassen, Kindermann Neumann Philipp Jacob Konrad, ungeschützte Stellen an ihrem Körper, die offener machten und verteidigungsbereiter.
Die Männer, so anders, der Schmerz machte sie gleich.
Der Schmerz war gleich.
Katia ging weiter im Warten auf Jette.
– Was tust du? Du läßt sie sterben, wo sie geboren?
Blut sickerte durch die Hose.

Endlich so weit entfernt.

– Du bist verletzt? Er sah ihr in die Augen. Sie ließ ihn herein.
– Leicht, sagte sie.
Nichts leichter als das.
– Die Aktualität spricht dagegen, daß das Thema brennt, sagte Konrad. Ein Mann im blauen Jogginganzug lief vorbei.
– Komm ich auch darin vor, fragte Konrad.
Katia zog mit der unverletzten Linken eine Kladde aus der Gesäßtasche, schlug die letzte Seite auf, bog die Deckel auseinander. »Komm ich auch darin vor«, las Konrad mit einem Blick über ihre Schulter. »Sie zog mit der unverletzten Linken eine Kladde aus der Gesäßtasche, schlug die letzte Seite auf. Bog die Deckel auseinander. Komm ich auch darin vor.«
– Du liest es, sagte sie.
– Ich habe nur darauf gesessen.
– Du mußt es so schreiben, daß alle Leserinnen sich in mich verlieben, sagte Kindermann über die Schulter von Konrad.
– Du darfst den politischen Aspekt nicht vernachlässigen, keine Liebesgeschichte daraus machen, sagte Philipp.
– Blamier dich nicht wie eine Maturantin, sagte Neumann und ging einfach weiter.
Jacob und der Araber schwiegen. Lange. Sprachen hernach über Jette, als keiner sie mehr hörte.

Der halbe Satz, der übrig?

Etwas auslösen, das größer als man selbst.

Da draußen, irgendwo, wartet ein Tisch. Er ist noch feucht. An ihn werde ich mich setzen, noch mal beginnen. Morgen.

Collection S. Fischer

Lothar Baier
Jahresfrist
Erzählung
Band 2346

Herbert Brödl
Silvana
Erzählungen
Band 2312

Hermann Burger
Die allmähliche Verfertigung der Idee beim Schreiben
Frankfurter Poetik-Vorlesung. Band 2348

Clemens Eich
Aufstehn und gehn
Gedichte. Band 2316
Zwanzig nach drei
Erzählungen. Band 2356

Dieter Forte
Jean Henry Dunant oder Die Einführung der Zivilisation
Ein Schauspiel
Band 2301

Marianne Gruber
Der Tod des Regenpfeifers
Zwei Erzählungen
Band 2368

Wolfgang Hegewald
Das Gegenteil der Fotografie
Fragmente einer empfindsamen Reise
Band 2338
Hoffmann, Ich und Teile der näheren Umgebung
Band 2344
Jakob Oberlin oder die Kunst der Heimat
Roman. Band 2354
Verabredung in Rom
Erzählung. Band 2361

Egmont Hesse (Hg.)
Sprache & Antwort
Stimmen und Texte einer anderen Literatur aus der DDR
Band 2358

Wolfgang Hilbig
abwesenheit
gedichte. Band 2308
Der Brief
Drei Erzählungen
Band 2342
die versprengung
gedichte. Band 2350
Die Weiber
Band 2355

Ulrich Horstmann
Schwedentrunk
Gedichte. Band 2362

Bernd Igel
Das Geschlecht der Häuser gebar mir fremde Orte
Gedichte. Band 2363

Walter Jens (Hg.)
Schreibschule
Neue deutsche Prosa. Band 2367

Jordan/Marquardt/Woesler
Lyrik – Erlebnis und Kritik
Band 2359

Fischer Taschenbuch Verlag

fi 176/17 a